草を褥に
小説 牧野富太郎

Tomie OHarA

大原富枝

P+D BOOKS
小学館

目次

一、思い残しのこと

彼が口をもぞもぞと動かしてその冷たい感触を確かめていると、

「あっ、生き返った！」

魂消《たまげ》るように枕元で誰かが叫ぶ、誰の声ともとっさに識別できない、頓狂《とんきよう》な声である。

「まあ、お父さんッ！」

「先生ッ、先生ッ！」

いっぺんに周りが騒々しくなった。やかましいよッ、一人ずつしゃべりなさい、と彼は叱るように言ったつもりだったが、口がもがもがと動いただけで声にはならなかった。

何しろもう十日ほども意識不明で、今日は呼吸も絶え、医者も、御臨終です、と一度宣告したあとのことだったので、大変な騒ぎになった。報道関係の人にも発表してしまったのを大急ぎで取消す始末だった。

一九四九（昭和二十四）年の六月、牧野富太郎は、何かいやにひんやりと冷たいものが口の中に侵入して来て、思わずごくりと呑み下してしまった。するとふっと意識が返って来た。

このとき牧野富太郎は数え年で八十八歳になっていた。病気は急性大腸炎ということであったが、発病の朝、起き上ろうとしていきなり倒れ、そのまま、意識を失った。それから十日間ほどそのままで、年齢が年齢だし、何しろ一週間あまり危篤状態であった。心臓がとまったので主治医も駄目だと思ったから臨終ですと言ったはずだった。しかし、近親の人々が泣きながら唇に運んでいた末期《まつご》の水があまりに多く口の中に溜ったのを彼は、冷たいと思い、ふとごくりと飲み下してしまった。すると意識が返ったのであった。今までにも何度か、今度は危い、と言われながら、彼はその都度また持直して来た。しかし、一八六二（文久二）年生れである。病弱な子で通っていて、子供の時は、店の若い男衆などに馬乗りになって押さえつけられ、よくチリケ（首筋《ぼんのくぼ》）や背中に灸《きゆう》をすえられたものだった。あれが案外身体造りの根本になったのかも知れない。あとから考えると、この年も結構元気で研究書も二冊刊《だ》している。北隆館の『学生版牧野日本植物図鑑』と千代田出版社から刊行された『図説普通植物検索表』である。

そして数え年八十八歳で習慣のように米寿を祝う宴が、晴れがましい顔ぶれを揃えて、京橋バンガローで開かれもした。いやいやながら取得した博士号はともかく、牧野富太郎はいま世界的な植物分類学者として人も知る存在であった。しかし彼にはまだやりたいこと、やるべき仕事がたくさん残っていた。標品（本）の整理が七分通りしか出来上っていない。

彼はようやく家中が落着いた状態のなかで、快く、新しく整え直された病床にのうのうと寝ていたが、何かしらひどく孤独な心持に沈んでいった。

「先生、まだやり残したことがあるのですか？」

と誰かが、からかうように言ったのが耳の底に残っていた。

いい気な奴め、人間、仕残したことのない時があるものか、生きている限りは……

そう思いながらうとうととした。何だか大仕事をしたあとのように疲れていた。また目を覚して、少し淋しいなあ、寂寥《せきりよう》の想いありだ！

そんなことも思った。幼いとき漢文を寺小屋や塾時代にたたきこまれたので、彼はものを考えるときも漢文調で考えると、心にぴったりくるのである。

妻の寿衛子《すえこ》のことを思っていた。彼女と出逢った大学通い（といっても彼は学生ではなかった。いま考えてみるとよくあんなに熱心に、ということは、大学の教授連にとってはあつかましく、田舎者の無神経さで、あんなに毎日帝国大学時代の植物学教室へ通ったものだ、それも実家がまだ健在だと思って毎日下宿から俥屋《くるまや》を呼んで乗って行ったんだから……）していた若い時分のことも、やりきれないような自己嫌悪で思い出した。

寿衛子には貧乏ばかりさせて、苦労をさせて可哀相だった、と改めて思った。

まだ、やり残したことがあるのですか、と誰かが蘇生さわぎのあとで言ったことを改めて思い、あのことが自分にもし出来たらなあ、と溜息をつくように考えた。

話し始めると結構話好きで、おしゃべりでもある彼が、そのことだけはいままで誰にも話していない。あれが究明できたら、やっとわしの仕事が終るというものだ、と思う。

家中に蔵《しま》われている標本の、まだ整理出来ていない山のような量を思い描きながら、それとは全く異なる、想像しようもない、摑みどころのない敵の姿を彼は漠然と見据えていた。そこは薄暗く、手探りも出来ないような世界で、目を凝らすと魑魅魍魎《ちみもうりよう》がうごめいているような、不気味な世界のように思われた。彼は生れつきの負け嫌いで、自分の意志と意地を通し抜いて来た生涯の一切を賭けて、その姿のないものと取り組めば、もしかしてその一端でも解明できるのではないだろうか、という誘惑にときどき捉われるのである。しかし、考えに考えているうちには、それが自分にとっては結局不可能な事柄なのだ、という結論にたどりつかざるを得ないようでもあった。

しかし今度もまた死にはしなかった。ひょっとしたら、あの事の解決をつけないうちは死なせはしないよ、と妻が言っているのではないか、と考えたりもした。

自分の仕事の方が完成するまでは、外《ほか》の事になど手は出せない。神は私に自分の仕事が終っていないぞ、と蘇生させて下さったのかも知れない。いやそうにちがいないな！

牧野富太郎は、何者がうごめいているとも知れない、底知れず暗い、手探りも憚《はばか》られるような暗黒の世界を見据えながら、

「『明治の闇』という奴じゃな。明治という時代は暗かった！　闇から闇に、と葬られた事が多かった。明治の暗黒に比べたら、戦争中の空襲は、ちゃんと誰の眼にも明らかに見えたからなあ！　さっぱりしちょるわ！」

うとうとしながら、深い疲労も感じていて彼は諦めるともなくつぶやいていた。

「しかし、まあ、よく生き返ったなあ。暗い長い隧道《ずいどう》を抜けて来た。あの手紙どこへ蔵ったかな？　寿衛子の蔵っておいたあの手紙の破片《きれつぱし》……わしが癇癪《かんしやく》おこして破いたわしの手紙。それにしても突返してよこしおったあの手紙。わしの生涯、何かまだ期待されちょるのとちがうか？

もしそうだとしたら、そうだな、あれ一つだ。それはわかっちょる。しかし、あれは植物とはちがう。捉えられはせんわな、植物とはちがう、魔物じゃな！」

牧野富太郎は、疲労の塊りのような大きなあくびをまた一つして、今度は何かひどく安心したような快い眠りのなかに落ちて行くのであった。

「お父さん、お父さん、もうちょっと暫《しばら》く眼を覚していらっしゃいよ、お父さんたら……」

娘たちの誰かが、身体を揺すぶるように呼びかけている。いや、わしは疲れちょる。うんと疲れちょるわ、眠らせろよ。彼はそう思いながら快よい眠りにはいって行った。とても睡かった。彼には、自分が十日も眠りつづけていたとは、全く思えないのであった。

二、運命の出逢い

その日、店の入口に掛けてある短い紺暖簾《のれん》がそっと分けられて、「ごめん」という遠慮勝な若い男の声がしたとき、店との境の長暖簾のすき間から往来の方を覗いていた寿衛子は、あっ、来たっ！　と心の中で小さく叫び、「いらっしゃいませ」と、しとやかな物腰で店の土間に出て行った。たったいまの心の中の端《はした》ない叫びなどまったく知らないように、結いたての桃割れの頭を少しかしげていた。

「甘いものを、そのォ、少し下さい」

青年は少し吃《ども》るようなぎごちなさで言った。はい、と答えながら、寿衛子はにこっと小さく笑って会釈した。二人とも顔見知りといっていいくらい、何度もお互いの顔を見知っていた。もう長い間、その若い男は、毎日のように店の前の道を同じ時刻に、人力車に乗って大学の方へ通ってゆき、夕方はまた帰ってゆくのを見て知っていた。

よく俥の上から店の中を覗くように見てゆく。いつも甘いものが好きなのか知ら、わたしを見ているのか知ら、と寿衛子は気になっていたのだ。いつも俥の上から店を覗くようにしてゆくのに、一向に俥の梶棒を下ろさせて店にはいってくることはなかった。

――しかし、あの人はいつかきっとこの店の中にはいって来る。きっとはいって来るにちがいないわ、と寿衛子は思っていた。このごろは、そう信じながら、いつも外を気にすることもなくなっていたのに、今日、この人は店にはいって来たのだ。

寿衛子の小さい店は、子供相手の駄菓子や、進物用の少し価《ね》の張る品も少しはあったが、一つ売りのきんつばやまんじゅうぐらいのもので、穴明きの一文銭や五厘を一つ握ってくる子供たちなどが多くて、そのささやかな商いは、彼女の暮しひとつさえ立ちかねるくらいのものでしかなかった。

ところがもうあきらめていた客が今日突然店にはいって来たのである。

「なにをさしあげましょうか？」

「そうだな、えーとォ、きんつばを五つと、こっちの……」

若い男はちょっと迷うように指を泳がせて、

「うん、その、そこのまんじゅうを五つと」

そんな様子がどことなく東京の人間らしくなかった。田舎の人らしく、少し愚かしげに見えたが、寿衛子はそういうところが却って好もしく思えてまじめな顔でかしこまっていた。

「ありがとうございます。かしこまりました」

長い竹箸で注文の品を、店の名もはいっていない、普通の包み紙に包み、菓子を卸してくれる店の名入りの袋に入れた。

銀貨まじりの小銭を釣り銭のいらないように並べてくれるのを眺めながら、

「どうぞ、お俥にお乗り下さいまし、お膝の上にお乗せいたしましょう」

と客をうながした。

いつもの俥が梶棒を下ろして待っているので寿衛子はそっちに歩み寄って言った。

「やあ、それはどうもすみません」

恐縮しながら俥に乗り込み、よく見ると、その蹴込《けこ》みには何か草花の鉢をのせているのである。

「ありがとうございます。また、どうぞお越し下さいませ」

車夫が梶棒を上げると同時に、寿衛子は深々とお辞儀をした。

牧野富太郎はこれを最初として、ちょいちょい寿衛子の店に顔を見せるようになった。三日に一度、四日に一度と、彼は立寄った。

「下宿が飯田町なものだから、以前から買いたいと思いながら、なかなか這入《はい》れないでよわっていたんですよ」

やっとそんなことも話せるようになった。

「わたしの田舎の家は醸《つく》り酒屋なんですよ。酒屋の主人なのに酒は駄目で、甘いものに眼がないんですよ」

「まあ、そうなんですか、わたくしも、ここは軒先を借りているだけで、わたくしの家ではございませんの」

寿衛子もその程度の打あけ話をするようになった。

富太郎の心はもう決まっていた。娘の素姓をくわしく知りたいものだと、しきりに考えるようになった。

彼が思っているのは、石版印刷屋の太田義二のことであった。こんな下世話な相談事の出来るのは彼をおいて外には誰もなかった。

「ほ、おいでなすったね、牧野さんももうそろそろ、と思ってましたよ、八ですか、九ですか」

と如才なく彼は富太郎の齢《とし》を訊《き》いた。

「そんなところですよ、しかし、わたしはいろいろあって……」

実は彼は正式にではないが一応結婚というものをしていたのであった。

三、独学者

わたし（作者大原）の家では、牧野富太郎博士のことを、いつも牧野先生と親しんで、父の小学校時代の先生として呼んでいた。

父が少年時代に少しの間だが、牧野富太郎が生れ育った佐川町《さかわ》に移り棲んでいたことがあって、ほんの一年足らずの間だったらしいが、小学校にはいったばかりの頃、この人の教えを受けたことがあるからであった。

年譜によると、「一八七七（明治十年）佐川小学校授業生となる。月給三円」とある。牧野富太郎十五歳の時で、明治三年生れのわたしの父は七歳である。父は学齢前から学校に行きたくて母に毎日しつこくねだり、まだ日本に学制の敷かれる前に佐川の深尾家の殿様の造った郷校「名教館《めいこうかん》」で学んだそうであった。だから小学校令の敷かれたとき、何年生にはいったのかよくわからない。

明治の初期というのは、いわゆるご一新《いっしん》で日本中のあらゆるものがどんでん返しを打った時なので、後年のように物事が秩序だっていない。一人一人の歴史が異なっているからとても杓《しゃく》子《し》定規には判断出来ない。

しかし名教館が現代の佐川の人々にとってもご自慢の郷校であったのはよくわかる。どうしても言って置かなくては中途半端になってしまうので一通り書いておきたいのは、佐川町が土佐の山間の小さい町でありながら、どうして名教館のような、程度の高い郷校を持つことになったのか、という理由である。歴史についてである。

関ヶ原の天下分目の戦いの時、長宗我部元親《ちようそがべもとちか》の子、盛親《もりちか》は、西軍にくみして敗れたため、土佐はこの時山内一豊《かずとよ》の所領となった。佐川はその一豊の臣、深尾重良に一万石の領地として与えられた、城下に一番近い枢要な地であった。山内一豊の第一の重臣として重きをなし、心頼みにされていた。

土佐一国を新しい所領として受取る「浦戸《うらど》城受取り」の使者として、土佐に一番乗りして最も苦労を嘗《な》めたのも深尾重良であった。一豊代理としてこのときあらゆる困難を一身に受けることになった。

浦戸湾に乗り込んだ彼等は、前もって覚悟はしていたにも拘らず、数倍する強硬な長宗我部遺臣中の下級武士団の抵抗を受けた。

長宗我部家は他家にはない特殊な家臣団を擁していた。一領具足《いちりようぐそく》の制度である。兵農一如といい、常の日は農民として耕作に従い、一朝主家に事起れば、鍬《くわ》を槍に持ち代えて主家の大事に馳せ参ずるという下級武士団である。彼等は勇猛に戦って勝てば恩賞として荒蕪《こうぶ》地を与えられ、開墾して新田としても免税の恩恵を受けた。一領具足はこうして領地を拡大し、強大なものになっていった。

もともと極貧で武士としての教養や学問の余裕はまったくなかった。一方戦闘には勇猛でいつの場合も先陣を承り、四国攻略《こうりやく》の場合も手柄を立てた。彼等の勇猛によって長宗我部は一時は四国全土を攻略する勢《いきおい》さえ見せた。

阿波、伊予、讃岐の人々は、土佐は鬼の国と長い間言い習わして来て、現代にもその言葉は伝えられている。わたしは伊予の友人からそれを教えられた。長宗我部が来る、と言えば子供も泣き止んだ、という。子供を虐殺し、女を犯し、妊婦の腹を割く暴虐を敢えてした。

浦戸城を預っていた重役、高級武士団は、学問、教養もあり、天下の情勢の赴くところも十分理解していて、穏かに城を明け渡すべきだと主張したが、荒くれて貧しく無教養な一領具足たちは、せめて半国を盛親の弟に与えよと主張し、桂浜の水際まで押し寄せ、沖に停っている城受取りの使者の船に向って鉄砲を打ちかけて止まなかった。

天下様、徳川家康殿の御命令だ。もはや動かすべくもないことだ、と説得しようとしても、徳川家康の存在を理解していない者も多いのである。

それならその徳川家康とやらをここへ呼んでもらおうか、ここで談合すべし、と主張して止まない。長浜の名刹《めいさつ》、雪蹊寺《せっけいじ》住職の仲介によっても話はつかなかった。

結局、穏健派の高級武士と一領具足派の内戦となり、七十五日にわたる同士討となった。多数の死者を出して、ようやく穏健派の勝利に終って浦戸城明け渡しは終った。この間大坂城で吉報を待ちつかれた一豊の心痛もまた一方《ひとかた》ではなかった。

深尾重良はこのときの苦難を生涯忘れられなかった。無知文盲な人間の哀れさを肝に銘じて忘られなかった。

人間に必要なのは何よりも知識と教養だ、学問と理性なのだ、と心の底まで浸透したのであった。

学問をしない人間は野獣と同然だ、恐しいことだ、といつも先《ま》ず第一に考えるようになった。

佐川の殿様は学問がお好きだ、子供たちまで知っていた。三百年が経過して明治の維新が行われたとき、深尾重良が礎石を築いた佐川の学問と礼節は、郷校名教館という学校の存在として残っていた。

日本に、欧米各国に習った新しい学校制度が発布されたとき、名教館は佐川小学校に移行した。学制は発布されても日本の貧しい村々には、小学校の舎屋を新築する財政のゆとりはどこにもなかった。佐川村でも郷校をそのまま代用して小学校にした。しかし元の名教館の玄関の建物だけは現在も佐川小学校の中に昔のまま保存されている。立派な木口の重厚な品格を持つ堂々たる玄関である。

『牧野富太郎自叙伝』をはじめ、『牧野富太郎伝』その他、牧野富太郎について書かれた著書はたくさんある。

それらの著書には、彼が小学校中退のまま学歴がまったくなかったために、植物分類学者、研究者として生きた生涯にわたって、いかに苦労することになったかを、どの著者も必ずたくさんの筆をついやして説いている。

彼はどうして普通の他の同年輩の学者たち、研究者たちのように、中学、高等学校、大学と順序を踏んで学歴を身につけなかったのか、と、子供の頃からわたしは不思議で仕方がなかった。彼の生家は佐川の豪商と言われた醸り酒屋である。何不自由なく大学まで進学することが出来たはずである。

しかし、いまこれを書いているわたしには、それがごく自然のなり行きであったことが理解出来ている。根本の理由は佐川に名教館というすぐれた、高度の私学塾が存在したせいである。名教館の学力はいまの学校でいえば大体高等学校の学力であり、漢文や国文の学力は大学教養学部の高さであったと思われる。学科によって学力の差はあったと思うが、牧野富太郎は独学の名人であったから、既に自分の貯えている学力と、学校の授業内容をよく調べ、中学校、高等学校、大学教養学部などの内容と自身の学力を計り合せて見て、順序を踏んで学校にゆく時間の無駄と、自分の独学の持っている自由さやその他たくさん持っている有効さとを無意識に計算して、無駄の少い方を無意識に選んだのであったかも知れない。特に彼の目指している植物学の分野では、ときに大学の教授連と肩を並べるだけの研鑽《けんさん》を彼はすでに自然から学んでいたから、自分の一番好きな研究の方法を採用しただけのことだった。研究のための書籍類もドイツ製の精巧な顕微鏡もわが家で手に入れられる彼の場合、いままでのところ、学歴というものはいっさい必要ではなかった。

実家（生家）の尨大《ぼうだい》なと思っていた資産が全く使い果たされて、生計の費を植物学から得なければならなくなったとき、初めて学歴というものが彼に必要になって来たのである。生家の資産が生涯自分の研究生活を支えてくれるもの、と勝手に信じていた彼の世間知らずの愚かさが、三十歳になった彼の前に学歴という怪物になって立ちはだかったのを、彼は初めて知った。その厳《いか》めしい、全く不愛想な、怪物が大手を拡げて立ちはだかるまで、彼はそんなものの存在を意識したことがなかったのであろう、と思う。

「東京大学というところには、研究に必要なものが何でもあったのです。どんな思いをしても、どうしても植物の研究を続けようと思えば、この東京大学というところを離れるわけにはゆかなかったのです」

練馬区役所製作の「牧野記念庭園」のビデオのナレーションにはそういう言葉がある。負け嫌いの牧野富太郎の終生口にはしなかった言葉である。しかし恐らく真髄を突いているものであろう。さまざまな屈辱に堪えながら、彼は、勤続四十七年間、東京大学植物学教室の助手、講師をつとめ、七十八歳のとき、辞表を叩きつけるような不快な辞め方をすることになった。豪商といわれた岸屋の資産といえども、牧野富太郎の、やりたいようにやり抜く植物学研究を二十年と支えることは出来なかった。

佐川に名教館という優れた私学塾があって、牧野富太郎という秀才にほぼいまの新制大学に相等する程度の学力を独学で身につけるだけの機会を与えたことが、彼を生涯、東京大学という学歴の殿堂のような所で、無学歴者として苦しめたのであって、これは皮肉な運命だった。

文久二年（一八六二）四月二十四日、当時は土佐国高岡郡佐川村西町組一〇一番屋敷に生れ

た牧野富太郎は、肉親の縁の淡《うす》い人で、四歳の時、父佐平と、六歳のとき母久寿と死別している。両親ともその年流行したコレラで急死したと言われる。

学問は幼時から大好きだったので数え年八歳で武家の子供ばかり通う、いわゆる寺小屋に通った。始めは土居謙護《けんご》に学び、その後、富太郎は漢学者の伊藤蘭林《らんりん》の塾に学んだ。やがて名教館に入学するが、伊藤蘭林は名教館でも教授であった。漢学だけは当時、他の学問よりとび抜けて高度に進んでいたので、牧野富太郎も漢学だけはいまの大学院生くらいの実力があったように思われる。号を結網《けつもう》学人といって所感を漢詩でよく述べているが、文才に丈《た》けていたとは思われない。理学系の人で常識的ではあるが、漢文には強いな、と感じさせる。『牧野新日本植物図鑑』の扉にある序文もじつに難解で、戦後の教育を受けた人たちには難かしすぎ、本文図の説明は現代文に直されている。

富太郎は十歳か十二、三歳で名教館に移っているが、人間として根本的な人格とか礼儀作法は寺小屋時代に十分に仕込まれていた。現代の芝居やドラマに見る寺小屋のような雑駁なものでは全くなかった。佐川は士族の非常に多い土地柄で、寺小屋でも士族でない者は富太郎ともう一人だけであったが、富太郎の家も遠祖は紀州の士族である。

机を並べる場所も士族の子供たちは上段で富太郎ともう一人商人の息子は一段下の座敷であった。昼食の弁当を開くときも、「下坐の人たちおゆるしを」、と士族の子供が富太郎たちに声をかけ、挨拶をしてから弁当を開いたたし、あとから開く富太郎たちも勿論《もちろん》行儀正しく挨拶をした。

わたしも子供のとき、父の行儀作法のやかましさには降参した記憶がある。まだ口のよく廻らないうちから毎朝父の部屋の縁側に坐って、姉と並んで手をついて「おはようございます」と言わなければならなかった。わたしが十七歳で結核になり、療養するようになってから、父はぴったりとわたしたち姉妹の行儀作法を言わなくなり、とがめなくなった。そのことが病気になったわたしにとっては奇妙にうら佗しかったことが忘られない。行儀作法というものには不思議に人間としての深い思いがつきまとうものである。

名教館で、富太郎は始めて理科系統の学問に接した。自叙伝の中には次のように語っている。

「その時習った書物を挙げると、福沢諭吉先生の『世界国尽《づくし》』川本幸民先生の『気海観瀾広《きかいかんらんこう》義《ぎ》』(これは物理の本で文章がうまくて好んで読んだものである)又『輿地誌略《よちしりゃく》』『窮理図解』『天変地異』もあった。ここで私は始めて日進の知識を大分得た。

そうしておるうちに明治七年始めて小学校ができ、私も入学した。私は既に小学校にはいる前に色々と高等な学科を習っていたのであるが、小学校では五十音からあらためて習い、単語・連語・その他色々のものを掛図の絵について習った。本は師範学校編纂の小学読本であった。博物図もあった」

物理や地理、化学に類することまで、名教館で既に知識として持っていた彼に、小学校ではアイウエオから教えようとしたのである。彼が辟易して登校拒否になったのも当然であった。十三歳の彼には旺盛な読書欲があって手あたり次第に読んでいたので、もはや常識や推理力も十分伸びていた。

もし彼に父か、あるいは母だけでも生きていたならば、彼はこのとき高知市に出来た県立中学校に入学、或《あるい》は飛び入学して三年生か四年生に入学したであろうと思う。彼には監督者としては祖母一人しかいなかった。しかも彼女は祖父が晩年に迎えた二度目の妻で、彼との血縁はなかった。彼女は岸屋という豪商の家と後嗣ぎの孫をあずかって責任を感じていた。富太郎を育てあげて岸屋を継がせなければならなかった。彼女も孫が上級校への進学を望めば反対しなかった筈である。彼女は浪子と言って短冊に自作の歌をのこしていて、聡明な女であった。生涯、彼女は富太郎の望んだことに一度も反対したことのない人であった。

しかし時代は混乱していた。富太郎の生れる一か月前の三月には、吉村虎太郎や坂本竜馬等数人の志士の脱藩があって、佐川からも何人かの隣人が京都に上っている。四月八日には参政吉田東洋が暗殺され、土佐は上士《じょうし》と下士《かし》の対立がはげしくなってゆく。

一方江戸では、一月には坂下門外の変が起って老中安藤信正《のぶまさ》が浪士に傷つけられた。四月、鹿児島から島津久光が兵を率いて京都に上って来た。

牧野富太郎は九十四歳まで長命であったので、そんな風に考えるのがむつかしいが、考えてみると幕末に生れているのである。

彼の生れた翌文久三年二月には将軍が上京し、五月には長州藩が馬関《ばかん》（下関）で外国船を砲撃しているし、七月には英国艦隊が鹿児島を砲撃している。アメリカ合衆国では南北戦争が始ったばかりであった。中国では太平天国の乱が起っていた。インドではイギリスの植民地にされるという大きな不幸を迎えていた。

島津久光の行列を乱したというイギリス人を一刀のもとに斬りすてた生麦事件、寺田屋の変、和宮《かずのみや》の将軍家茂《いえもち》への御降嫁、これらすべてが富太郎の生れた年に起っているのだ。

富太郎は、世界中が新しい近代を迎える境目に生れて来て、変化の劇《はげ》しい時代を生き抜いた人である。手本とすべき先例を何一つ持たない日本の夜明けに生れて来て、すべてを自分で考えて、自分が良いと思う事を創造して生きた人なのであった。

彼の学問のやり方、方法もまた、彼が自身で創《はじ》めて選び出し、実行した一つの方法にすぎなかった。それを世の人々は独学と言った。しかしこの時代に生きた人たちはすべて自分で考えなければならなかった。何事かを成し遂げた人々も、大方は自分自身で考えて、その方法でもって、自分の生涯を創り出して行った。

牧野富太郎もその一人で、彼は、いまの日本人が殆ど持ってはいないある長閑《のど》かな理学的な想像力を豊かに持っていた。それによっていろいろの困難な事にもめげない理学精神を長く持ちつづけることが出来た。それが彼の独特な生涯を創造した。

沢山の学校の創立される時代に立会いながら、彼が学校へはいらなかったのは、他から教え込まれる知識や学問に興味が持てなかったからである。植物や動物や天や地や、空を流れる雲や嵐、暴風や大波や、地震さえ彼は大好きで興味があった。それらの自然からなら彼は素直に何でも学ぶことが出来た。人間の書いた書物から教えられることも素直に受け取ったが、自分より一段上の位置から教えこまれるのは好きではなかった。圧力がかかるとすぐ反撥した。彼は一を教えてもらってあとの九は自分で見つけるのが好きであった。文学的創造力は持たなかったが、理学的創造力は多分に持っていた。

生家の裏山は産土《うぶすな》神社のある小さい丘陵であったが、日当りがよく、じつにたくさんの植物に恵まれていた。彼は一日中、この丘の草原の中で遊んで、全く退屈ということを知らなかった。たくさんのことをこの丘は彼に教えてくれた。

そんな彼に村役場の学務課から小学校で子供たちに教えてやってくれないか、という話が持ち込まれた。自叙伝には次のように書いている。

「明治十年頃、ちょうど西南の役の頃だった。学校の先生と言えばその頃、名誉な仕事に思われていたので、私は先生になり、毎日出勤して生徒を教えた。校舎は以前の名教館であった。役名は授業生というので、給料は月三円くれた。それで二年ばかりそこの先生をしていた」

私の父が牧野先生に教わったのはこの時より他にはあるはずはない。

それにしてもわたしには、晩年上京して杉並の家にいっしょに住むようになってから、父が子供のとき外国人の先生から英語を学んだと、何度か話したことが、はっきり記憶に残っていて、不思議で仕方がない。たしか佐川の幼年時代のことだと言っていた。

まわれ、まわれ、わたしのこまよ！

外国人の教師がその詩に抑揚をつけて、かん高い声で愛誦《あいしよう》して聞かせたという。わたしがついぞ聴いたこともないようなうら声の英語で、父は外人教師の朗読の真似をして聞かせた。わたしと、そしてその頃、埼玉の野火止《のびどめ》の近くから来ていた、住込みの手伝いの少女とは、畳に這って大笑いしたものであった。父は八十歳くらいだったと思う。

牧野富太郎の自叙伝には、次のような文章がある。

「それより少し前に佐川に英学を入れた人がある。高知の県庁から長持に三つ、英書を借りて来たのである。地理・天文・物理・文典・辞書などがあった。そして高知から英学の先生が二人傭《やと》われて来た。その中の一人を長尾長といい、他の一人を矢野矢といった。二人とも似たような珍《ちん》な名の先生であった。この二人の先生はＡＢＣから教えてくれた。だから私はかなり早くから英学を習った。

その時分の本は、色々の『リイダァ』、文法ではアメリカの本で『カッケンボスの文典』『ピネオの文法書』『グードリッチの歴史書』『バァレーの万国史』『ミッチェルの世界地理』『コルネルの地理』『ガヨーの地理』（その時分、フランス語の発音がわからず、ガヨーをガヨットと言っていた）『カッケンボスの物理学』『カッケンボスの天文学』その他色々な地図や算術書もあった。辞書では『エブスタアの辞書』また英和辞書もあった。英和辞書のことは薩摩辞書と呼んでいた。その時分ローマ字の『ヘボンの辞書』などもあった。このように佐川は他よりも早く英学を入れたわけである」

これによっても、佐川に英書が持込まれたのは学制発布以前の名教館時代であるのはまちがいない。わたしの父が学齢前に祖母を説きつけて名教館に通った時代であろうと思われる。牧野先生と父との年齢差は十歳足らずであるが、時代の変化はその年齢差をも越えるほど早かった時もあったのだと思う。

名教館は武家の子弟の通うところで、月謝も決して廉《やす》いわけではなかった。祖母は近所の田の草除《くさと》りなどの日傭稼ぎをして、父の月謝をつくり、その帰り途では、その辺の田川にいくらでもいた鮒《ふな》を手拭いで掬《すく》って来て魚好きの末っ子のお昼の惣菜にした、と父が話したことがある。この祖母のお葬いのときわたしは母のお腹にいたということであった。

父は祖母の鍾愛《しょうあい》の末っ子で、この子のために夫の放蕩三昧《ほうとうざんまい》も堪えつづけたと言っていたという。

明治十二年、十八歳の牧野はある日、小学生など教えている自分の姿にぎょっとなるほど強い自省に捉えられた。こんなことはしていられない、学問をしなければ……このとき彼は自分こそ学校へ行って学ばねば、と愕然とした。とにかく高知市へ出ていい教師を探そう、と思った。

「その頃、東京へ出ることなどは全く考えられもしないことであった、それは外国へ行くのと同じことだった」

老年になってから述懐している。

高知市は佐川から三十キロに足りない距離にあったが、途中に峠があって、乗物のない当時としては通学はできなかった。

下宿を見つけ、高知市に出た彼は、大川筋にあった五松学舎《ごしょう》に入学した。しかし、当時の私塾は殆どすべてが国文学と漢文学の塾であった。四、五日通って見たが、すべてすでに学んだことの復習で、彼の求める新知識は得られなかった。植物学を学ぶには高知市ではどうにもならないと知って、彼はがっかりした。これなら佐川の自宅で大阪の書店から取寄せる書籍の方がはるかに希望のある教師であった。思い悩んでいる折も折、高知市にコレラがまたも流行しはじめた。父と母を三年の間に奪ったコレラを、富太郎が激しく怖れていたのは当然である。彼はすぐ高知を引きあげた。

しかし高知市にしばらく滞在したことは無駄ではなかった。その短かい間も同学の師をはげしく求めていた彼は、一人の同学の先輩に逢うことが出来た。永沼小一郎《こいちろう》という人物である。神戸の県立医学校から高知に転じて来た人で、彼はバルフォアの『植物学』や、ベントレーの『植物学』を翻訳した人であった。その博識ぶりと実力は、富太郎を惹《ひ》きつけて、早朝から深夜まで語りつづけて尚も倦《あ》きないのであった。

永沼小一郎は後には高知師範の教諭や、大病院の薬局主任にもなり、長く高知に滞在した。その間はもちろんのこと、上京してからも、東京に住むこの先輩とは、生涯親密な交際をつづけている。このことは、永沼小一郎という人柄を十分語るとともに、牧野富太郎の人間としての本質的な重要な部分を、証明しているると、私は考えてもいるのである。

この高知遊学のあと、佐川に帰った彼は、「博物叢談《そうだん》」と名づけた小さい同人雑誌をつくった。文学好きな若者たちがなけなしの小遣いを出し合せて同人文芸誌を造るように、明治初期の理学好きな青年たちも同じことをしたのである。文章も挿絵も表紙もいっさい合財《がっさい》富太郎が手描きで、少部数ながら、博物の同人誌を作ったのであった。

佐川という土地は化石の多い地層で、ナウマン氏も調査に訪れたりしている所なので、博物同人誌は造り易かった。表紙から内容まで殆ど全部自分の手描きの同人誌を、彼はどんなに愛おしく思ったことであろう。ああ、こうしてはいられない、学問をしなければ……。

時代もまた牧野少年に負けないほど激しく変化していた。

自由は土佐の山間より出づ！　この時期、土佐は政治思想のるつぼのように燃えていた。牧野富太郎も一時は政治青年になって燃え立っていた。派手な大きな幟《のぼり》を打ちたてて板垣退助の自由党の演説会場をへ廻って、情熱を傾けていた時期もかなり長くあった。何かをやるとなれば、その頭にならなければ、それをやった気のしないお山の大将風が多分にあったので、老舗の金を惜しみなく散財して駈け廻っていたが、或日、彼は愕然として植物に帰った。政治運動から手を退くとなれば、やはりそれなりのきちんとした挨拶なしに、うやむやに止めることは出来ないと考えて、運動の日々にふさわしい派手な引退の挨拶もする。このようにして豪商岸屋の財政はすでにこの頃から急激に傾きつつあった。当主の富太郎だけがそのことに全く無頓着であった。

四、故郷土佐は植物の宝庫

牧野富太郎の植物学者としての基礎を少年の日に早くも決定した佐川という土地を、一度は見なければならぬと自らに課していたがなかなかに行けなかった。一九九七年九月三日に、わたしはやっと佐川を訪ねることが出来た。

深尾家の城下町として旧幕時代は大層栄えたこの町は、新日本誕生の明治という近代日本の曙に、驚くほど数多くの優れた人材を輩出した町である。

わたしにとっては、父が三歳頃から、十代の終りに高知師範を経て小学校の教師になるまで、いわば落魄《らくはく》の父母に連れられて、その落魄の境さえ意識することもない無邪気さで過した夢多い少年時代の故里《ふるさと》でもあった。

私の祖父は高知の香長《かちよう》平野の西部、前浜村の下田村《しもたむら》に生れたが、十六歳の時、安政の大地震に遭遇した。村人たちが身一つで逃げまどう中を、右手に四斗俵一つ担ぎ、左手に自分の母親を横抱きに脇にひっ抱えて、大津波を避けて高台に駈け上ったという逸話の主である。怪力少年であったらしい。

まだ土佐は山内家の領土である。祖父は長じて田舎相撲の勝負を張る力士になった。四股名《しこな》も聞いていたが忘れてしまった。

全盛時代は大銀杏《おおいちよう》が水もしたたるばかりの男前で、山内の殿様のご贔屓《ひいき》にも遭い、殿様の前で高足駄を履いていることが許るされていた、というのが年老いた祖父のご自慢であった。

わたしが数えの十四歳のとき九十歳で死んだが、前浜村下田村で酒だけを楽しみに鰥暮《やもめ》しをしていた。わたしの眼にはなにか苔生《こけむ》した大岩がぽつんと据《すわ》っているといった感じで人という感じはもうなかった。

前浜村下田村の後免《ごめん》駅への街道沿いに、地中に殆ど埋まったように境石に似た四角な石が頭だけ見せていた。わたしが教えられて見たのは二十年以上も前だからいまはもうどうなっているのかわからないが、その石が、祖父全盛の頃、評判の芸妓を落籍《ひか》して女将に据え、料理店をやらせていた、榎楼の跡の印石だと土地の人が教えてくれた。よく繁昌して遠くの海岸の方から眺めても不夜城のように一夜中明るかったという。

この頃、わたしの祖母はもう夫に見切りをつけて、実家の里改田《かいだ》の兄に相談に行った。

「総領の子は向うの家の跡嗣ぎじゃ、向うへ置いてこい。あとの二人は養ってやる、連れて帰って来い」

と言われた。

子供たちは何となく感づいていて、一刻も母の傍を離れない。祖母はどうしようもなくて、二人をつれ、末っ子のわたしの父は背負って実家への岐《わか》れ道まで帰って来た。

峯寺《みねんじ》の札所が近いので道の岐れには遍路石という、休息に手ごろな丈夫な石が立っている。そこに腰を下ろして、困ったのう、どの子を捨てよう様もないが……と言って祖母は歎いたという。

長男は自分が捨てられる危懼《きく》をひしひし感じていた。

「おっ母、わしを捨てまいよのう。わし、もうじき大きゅうなる。銭を稼いでおっ母にやるけんの！」

と嘆願した。

中の子の女の子もここで兄に負けたら自分が捨てられるだろうと思った。必死になって母の袂《たもと》を握って言った。

「おッ母ァ、わしを捨てまいぞのう。いまにわし大きゅうなって、まま炊いてお母ァに銭もかせいであげる。みんなお母ァにあげる。わしを棄てまいぞ、のう！」

赤ん坊のわたしの父だけは、祖母の背中ですうすうと眠っていた。

三人も皆つれて来ては家には入れない、帰れ、と兄は必ず言うだろう。祖母は諦めてまた子供をつれて夫の家に帰って来た。

祖父の榎楼は全盛の只中で一夜火事を出して、一切合財灰になった。それがケチの着きはじめ、やること為すこと左前になって、そのうち力士としての実力も急に落ちて行った。

美しい妓に逃げられ、しかしそれでも妻のところへは帰って来ない。男が落ちぶれるとき、まず相手の女がどんどん品が落ちてゆくものだと聞かされたことがあるが、まさしく祖父の場合がそうであったらしい。

佐川の鳥の巣というおもしろい名の部落へ、祖父は何の関りがあって落ちて行ったのか、妻子はそこに置いて、自分は、佐川の北の山の峠の上に、ちょっと小粋な面影はあるものの、なんということもない中婆さんと茶店を開き、草餅など売って日銭を稼ぎとぼしく暮していたらしい。六歳くらいの父は、何の弁《わきま》えもなく、母に言いつけられてその峠の茶屋へ暮しのための小銭を貰いに行ったりしたこともあったらしい。

高知市の堀詰に住んでいた伯母が誰かにしていた昔話を、まるでお伽噺《とぎばなし》のように耳にしたわたしが、あんまり幼かったので分別もなくその話をじかに父にして、かって見たこともないほど激しい父の怒りにふれ、家の庭に放り出された。そんな子はうちの子ではないからどこへでも行け、と投げ出されて、わたしは、声を限りに泣きわめいた。

隣りは医院であったが、めったに病人は来ない。その医者の小父《おじ》さんが庭に赤く熟していたゆすらうめの実を、手にいっぱい持って来て、わたしを抱きあげ、父にも詫びてくれてやっと家の中に入れて貰った。

しかし、それは事実であったから、だからこそ父は、火のように怒ったのであろう。

祖父はどん底で立直り、まだ体力もあり、力も強く、小作ながら鳥の巣の家の土間に、山型に米俵を積み上げた秋も来た。

堀詰の伯母はそのときの嬉しさを話したかったのであったらしい。あの日の父の恐ろしさが骨にしみたので、わたしは祖父について父と話すことはいっさい避けるくせがついてしまった。

東京でいっしょに暮すようになった父が、もう八十歳も近い頃、ふと佐川へ行って来たいと言い出した。堀詰の姉と手紙で話し、電話でも話し合って決めたという。今生の思い出に姉弟で佐川の桜を見にゆくという。そのときも祖父のことは何一つ言わなかった。

佐川の桜、有名だけどわたしも見てない、お父さん、ゆっくり、たっぷり観ていらっしゃい、とわたしは送り出した。

堀詰の伯母さんと、子供の時の話を、思い出す限りして来たぜよ。こんな楽しいことは近来なかったよ。もう思い残すことないほど歩き廻って来た。と父は満足そうであった。

鳥の巣へも行ったの？ と訊くと、行った行った、堀詰の車をゆっくりゆっくり走らせてもろて、たるばぁ（飽きるほど）見て来たぞよ、と上機嫌であった。

あれから五十年も経っている。いま初めてわたしは父の育った佐川へ行くのであった。

佐川もまたご多分に洩れず過疎の町になっていた。あのとき父の見た佐川はずっと活気に充ちていたであろう、と思う。

山脈の迫っている奥の土居や鳥の巣のあたりは開発の余地のない地形で、昔のままに残っているのが、わたしには大変にありがたかった。

牧野家の菩提寺である法城寺、夢窓国師の造園にかかるという池庭のある青源寺などのある奥の土居、田中光顕《みつあき》の記念、青山《せいざん》文庫のあるあたり、昔のままと言っていいだろう。奥の土居一帯のソメヰヨシノは富太郎が、明治三十五年に苗木を買って佐川へ送ったものだが、いまや鬱蒼たる桜並木となっている。

手つかずの野や岡はどこに行っても美しい植物に覆われている。忽《たちま》ちのうちに十種や二十種の野草の可憐な花を見ることが出来る。富太郎の生家のあった跡にはいまは巨大な碑が立っている。背後の産土神社の岡の上にのぼってゆく小径にもあふれるほどたくさんの草花がある。他の地方ではもう探しても見つからない多種多様の草花にわたしは眼を瞠《みは》った。サカワサイシンは猛々しいほどたくさん至るところにある。いまは秋草の盛りである。アキノタムラソウ、ショウマのたぐいが溢れるように咲いている。

植物の植生の変化というものは人間の手によるものは少く、植物自体と自然との関わりによるものだと思う。三十年ほど前に浅間山の六里ヶ原には浅間ぶどうとも呼ぶ、黒豆の木が広大な範囲にわたって繁茂していたが、人間が手を加えることなしに、そこはなぜかつつじの一面茂るところになり、いつか六里ヶ原のバス停の名が「つつじが原」に変ってしまっている。ほんの少しの性質の強弱が勝負を決するように見える。

軽井沢千ヶ滝に山小屋を持ったころ、周りは美しい花園であった。オカアヤメ、キキョウ、オミナエシ、オトコエシ、フジバカマ、トコナツ、ユウスゲ、ヤマシロギク、キョウガノコ、ツリフネソウ、ウバユリ、サワギキョウ、アサマフウロ、アサマリンドウ、アサマヒゴダイ、アキノキリンソウ、アキノタムラソウ、アキノノゲシ、アキノハハコグサ、オオバノギボシ、コバノギボシ……。

立ちどころに口にのぼるこれらの花が、一、二年の間に全く姿を消した。牧野富太郎が現在の日本の山野の荒廃ぶりを眺めたら、何といって歎くであろう。

ここで見た、サカワサイシンの旺盛さにもおどろいた。よほど土質が適しているのであろうか。隠れ里のような、好もしいここの草花の主のように立派である。牧野富太郎は一世紀近くも長生きしたにも拘らず、自然の草花のみな殺しにされるような二十世紀人の暴力を見ないで済んだことは仕合せであった。日本の植物学者としては最も仕合せな時代を生きた人である。

西谷という山里も訪ねたが、ここには昔、西村尚貞という漢詩を良くする老医者がいて『本《ほん》草綱目啓蒙《ぞうこうもくけいもう》』という江戸時代の本草学者、博物学者でもあった、小野蘭山の著書を貸してくれた。

その頃の写本と思われる原稿が、高知市五台山《ごだいさん》の牧野植物園牧野文庫には保存されている。富太郎は植物の実写を良くする生れつきの才能を授けられていた。青年の日に、彼が写した植物の絵は、百年近い歳月を経た今も、見る人の心に、まざまざとその生ける姿を再現して見せる。眺めているうちに花のいのちが活き活きと甦ってきて、眺めている人の心に泉のように溢れてくるものがある。

よく彼は、私は植物の精である。そのほかの何者でもない、と断言しているが、それを認めないわけにはゆかないほど、彼の手に写された植物は、そのものの生命としていまも生きているのである。

彼の手には、いわゆる画家の手腕とか才能というものとは全く別の天性が授けられている。

画家はデホルメによって芸術を生み、そのものを生かすが、植物学者の筆には全く植物そのものの生命が、デホルメなしにそこに生命をあたえられなければならない。植物の存在、生命、意志、以外の何ものもそこに加わることは許されないのである。

短歌を詠むような遊び心のあった祖母は富太郎の写本を見ただけで、彼の生き方を理解したのかも知れない。醸り酒屋の主人なら他の誰かにも出来るだろう。しかしこのように植物の生命をつくり出す仕事が、富太郎以外の誰に出来るだろう。祖母の浪子はこのとき、いっさい富太郎の意志には逆らうまい、そう肚《はら》を据えたのであったかも知れない。

佐川の本屋と洋品屋を兼ねた鳥羽屋を通じて、彼女は孫の欲しいという本をすべて注文してやった。『重訂本草綱目啓蒙』全四八巻井口楽三《らくぞう》の校訂本、和本の『本草綱目』も、蘭学者で植物学と化学にくわしい宇田川榕庵《ようあん》の三巻本『植学啓原』も買い与えてくれた。

しかし植物学は書物だけでは駄目だ。何より実物について研究しなければならない、ということも、孫の言葉は全部信じた。

富太郎は自分の周りに植物たちがひしめくように生きていて、私を見て下さい、私の葉を、花を、そして根っこを見て下さい、と彼に訴えるのを感じた。見れば見るほど、植物たちは、同じ種類と思われる植物でも微妙なところで、自分を他の者と区別するところを備えていた。異なる特徴を持って自己を主張しているのであった。

人間が一人一人、その考えるところ、好むところ、長所とするところ、美とするところが異なるように、植物もまたその一つ一つが容貌、姿形、そして匂い、なかには蜜さえ用意して、人や昆虫や蝶や鳥を待っているのであった。なかには怖ろしい毒さえも……。その土地に適応して見事に花を開き、実を結び、子孫を増やしてゆくにはどのように成長するのがいいかについて、人間と同じように悩み、自己を鍛錬して、一族を優秀な種族に変化させてゆく努力を惜しまないのである。

ある日富太郎は、いつも眼下に眺めて通る町の沼から、名を知らない藻草《もぐさ》を採取して来て、植物の本の中からその名を知ろうとした。しかし、簡単だと思ったその名がなかなか判らなかったので、手桶の水に入れて台所の隅においておいた。通りかかった若い女中が、

「あら、こんなところにビルムシロをこんなにようけとって来て、どうするんだろ……」

とつぶやくのが聞えた。障子越しに聴いた彼はとび出していった。

「いま、何というた？　なんとかムシロ言うたろう？」

山の奥から年期奉公に来ている女中なのに、自分の知らない水草の名を知っているらしいのに彼は驚かされた。

「うちの方じゃビルムシロいいますけんど……」

富太郎のあまりに真剣な様子に、女中は自信なさそうにそうつぶやいた。聞くなり富太郎の方は自分の部屋にとびこんでいって、植物の本を調べはじめた。

やがて『救荒本草《きゅうこうほんぞう》』の中に「ヒルムシロ」の項があって、そこにこの水藻が載っていた。「ある地方では、ビルムシロともいう」とある。――おれの知らない植物の名を、あの子が知っていた。富太郎は心の中で少し恥じていた。

何と言っても実地が大切だな、と感じてもいた。――その頃の彼のことを、わたしの父はよく憶えていた。

「牧野先生は、何というても岸屋の一粒種の若さんじゃったけに、植物採集に出かけるにもお供を一人つれて、人力車に乗って出かけよった。両足の間へ古新聞をどっさり積みこんでの……植物を採ったらすぐそれに挟んで葉が傷まぬようにするためじゃ。そのころは日本にはど、い、ら、ん、というものがまだなかった」

さもあったろう、とわたしが思ったのは、後年、南方熊楠《みなかたくまぐす》の全集の中の蘚苔《せんたい》類採集の写真を見たときであった。南方熊楠は和服の裾を尻端折《しりばしょ》り、す、て、て、こ、のいでたちで、その後には一人の若い衆が同じ尻端折りで、野遊びのときの岡持のようなものを天秤で左右にかついでお伴《とも》しているのであった。

山野を駈けめぐって植物採集するのは相当の労働で腹もすく。その頃富太郎が出かけたのは、大概横倉山《よこぐらやま》であった。安徳帝の御陵があること、平家の落人伝説などで土佐では有名な山であったが、牧野富太郎によって植物の宝庫でもあることが立証された。横倉山で彼が採集し、発見した植物は尨大な数にのぼる。ここにはほんのその一部をあげておく。ヨコグラツクバネ、ヨコグラノキ、アオテンナンショウ、ミドリワラビ、トサノミツバツツジ、ジョウロウホトトギス、コオロギラン、ヒメシャジン。

五、東京への旅

明治十四年、十九歳の牧野富太郎は東京への旅に出たいという思いを抑えきれなくなった。東京には国立大学があって、その理学部にはたくさんの珍しい植物に関する標本や書物が多数揃えられている。一度どうしてもそこを覗いてみてみたいのである。大学に入学したいとは決して思わなかった。そこが牧野富太郎である。学校などという窮屈な、先生の導く通りについて歩く、決して生徒は先生より先に駈け出してはいけない、という学校の目に見えぬ掟《おきて》のようなものが、彼にはどうしても承服出来そうになかった。

植物学の先輩たち、同輩たちの研究態度を学びたかった。自分の持っている日本製よりも精巧なドイツ製の顕微鏡も是非手に入れたかった。海を越えた本州は四国とはどのように植物の分布が異なっているか、この足で、この眼で知りたかった。

今回もまた祖母は彼の願いをすぐに許してくれた。それには祖母には祖母の思いがあった。

牧野一族の血を濃厚に伝え遺すことが、自分の重大な任務の一つだ、と彼女は考えていた。分家の牧野猶《なお》は富太郎とは二つちがいの十七歳、県立女子師範の三年生であった。四年制のころで来年はもう卒業である。富太郎には一族の中から嫁を貰って、牧野の血統を濃くして貰いたい。血族の近いもの同志の結婚が悪い遺伝をもたらすという説はまだ誰一人唱えた者もない時代であった。富太郎に牧野の血の濃い嫁を娶《めと》らせ、岸屋の名跡を継がせるところまでが、自分の重大な責任だ、と祖母は信じていた。

いまのうちに東京へも一度行かせておけば彼も落ちついて岸屋を嗣ぎ、一方の趣味として自由に植物の研究を続けてゆくであろう、と考えていた。そういう趣味を持つ、大商家の旦那衆は何人も見て来ている。とにかく東京を自分の眼で見てくれば、自分の座が見極めがつくというものだ。東京とはそのようなところなのだ、とそう思っていた。

そうと決まると岸屋ではもはやためらいはない。皿鉢《さわち》料理の二十枚も用意されて、一夕盛大な出発を祝う酒宴が催された。親戚知友が集って、まるで外国へでも旅立つような大賑いの酒宴になった。

岸屋の後継ぎ息子の上京は、お供に屈強の男が二人もつく大仰なものであった。祖父の代から長く番頭を勤め、いまは引退している佐枝竹蔵の息子、熊吉が万端の介添役として付き、別に使い走りや会計支払役としてすばしっこい若い男もつけての三人道中である。

牧野富太郎は終生、生活経済観念が身につかなかった人であったが、そのよって来る根本は、幼少時代からの根の深いものであったことがよくわかる。

数人の子供を抱え、妻を持つ年齢になっても、あるいはその上に執達吏《しったつり》に家財を差押えられているときであっても、もし彼に現金を握らせれば、家の事情はすっかり忘れて、丸善書店にはいってゆき、金の無くなるまで本を買い漁るだろう、と親友の一人が話している。

十九歳の書生っぽの富太郎は、二人のお目付役をつれて上京の途についた。高知城下までは徒歩《かち》でゆき、そこから神戸までは海路、神戸から京都までは汽車、大津から四日市までは植物採集しながら徒歩で行くことにした。本州に渡った彼は早く本州の植物の顔を見てみたかった。

思うさまに採集して四日市から横浜まで蒸汽船、和歌浦丸で横浜につき、汽車で憧れの新橋についた。

下宿は出発前に手廻しよく神田猿楽町に取ってあった。まず万国博覧会見物のあと、彼はたくさんの参考書を購入し、ドイツ製の精巧な顕微鏡を買いこんだ。下宿ではすでに大きな沢石が、途中で採集した本州の植物の圧し葉《おば》を造っている。

上京の大切な念願の一つに、農商務省博物局の訪問があった。そこには田中芳男と、小野職《もと》愨《よし》がいるはずである。この二人は、富太郎が何一つ自分を惹きつけるものはないと思っていた新設佐川《さかわ》小学校で唯一つ、彼がいつまでも、いつまでも見つづけていたいと思った「博物図」の編者であった。

田中芳男は博物局の天産課長という要職にある役人であり、小野職愨は有名な小野蘭山の子孫で、日本最初の植物学校教科書といわれる『植学浅解《せんかい》初編』はじめ植物の著書を持つ学者の一人であった。彼等はみんな四国から遥々《はるばる》上京した牧野青年に対して、親切で優しく接してくれた。

土佐へ帰っても何かまた新しい発見などあれば知らせてあげるよ、とまで親切にされ、都会人の社交というものの裏表など考えたこともない富太郎を感激させた。珍しい植物の苗木のたくさんあると教えられた植木屋へも行ってあれこれと苗木を買いこんだ。

最初の上京であまりにも親切にもてなされたことで、牧野富太郎は、東京と、そこに住む人たち、また中央の要職にある人々に対して、いくばくかの錯覚を抱くことになった、といってもいいかも知れない。後年東京大学生物学科の教授たちの間で、骨の髄まで思い知らされることになる学者たちの人柄の多様さを、彼はもっと早くから知っていた方が良かったと悔いたであろう。

東京で逸《はや》る心の念願の一部を成し終えた彼は次には日光へ出かけた。日光戦場ヶ原は植物の宝庫と聞いていた。中禅寺湖畔で、「ヒメニラ」を発見したときはじつに嬉しかった。食用ニラとは明らかにちがう。広葉で丈は短く、特有の匂いがあるが、六弁のうす紫の美しい花を開く。彼はずっと後になってからこの花を「ダビデの星」とユダヤの人たちは呼んで愛すると書いてある書物を見た。なるほどそう呼びたいような個性的で気品のある花だ、と思った。戦場ヶ原のヒメシャクナゲの原野は花期でなくてさえ優雅であった。男体山の噴火で溶岩の流れに呑まれたこの荒蕪地は、しかしすでにもう植物の宝庫になっていた。自然の回復力の偉大さを見せつけられる心地がした。

険阻な日光足尾越えは、好んで険しい鎖り道を伝って下りて、特殊な荒蕪地の植物を採集したりした。足尾の鉱毒に犯された一帯には見るべき植物もなく、痛ましい限りであった。

関東平野に出でその広大さを思い、汽車で伊吹山《いぶきさん》近くまで来ると、彼は再び供の二人と別れて単身伊吹山に登った。

今度は彼はわざと旅館を避けて、山下の生薬屋に宿を乞うた。植物採取の事を話して、多分の案内料を先に包んで出した。なかなかお坊ちゃん育ちとは思えない、さすが商家の育ちだけのことはある。商人の心の機微を心得ている。普通の山案内人にはとても期待出来ないたぐいの貴重な植物の採集が出来た。植物にかけては彼はすでに一廉《ひとかど》の学者のする深い心用意を会得していた。薬種商の番頭は一時間も歩くと、先生にはシャッポを脱ぎました、と追従《ついしょう》を言ったりした。琵琶湖畔の長浜へ出て汽船で湖を渡り、大津から京都へ出て、三条の宿で供の者と落合って佐川に帰って来た。

二度目の上京の明治十七年、東京大学の松村助教授に会った時、伊吹山でこのとき採集したすみれを見せると、大学の標本中にもない珍しい新種だった。外国の文献によると「ヴィオラ・ミラビリス」だとわかり、和名がないので「イブキスミレ」と命名された。そんなこともあった、楽しい採集旅行であった。

この最初の上京の旅のやり方にしても、牧野富太郎は出発のずっと前から、どの道筋（コース）が一番勉強の上で実りが多いかをかなり真剣に下調べをしている。ぼやっとしているようでいて、いざというとき、準備に用意周到なところがあるのが、牧野富太郎の生涯を通じてひとつの特色と言ってもいい。ただそれがうまく機能しなかったのが、彼の結婚ではなかったか、と、わたしは考えているのである。

六、従妹妻お猶さんのこと

佐川へ帰ると、祖母はもうすっかりお猶さんとの結婚の用意を整えて待っていた。こういうものは潮時というものがある、と祖母は考えていた。

富太郎は念願の東京行を果して来た。思いの丈のことはすべて果して来た。ここらで岸屋の後嗣という責任も果すべきである、と浪子が考えたのも当然であった。

憧れの東京行という大きな希望のかげに隠れて明らさまに見えなかった結婚が、いま正面切って彼の前に立っていた。それは唯一つの祖母への恩返しの孝行だ、えいっ！　と富太郎は初めから浮立つ思いの何一つなかったこの縁談に思い切りをつけた。

牧野富太郎を研究する人々の中には、富太郎とお猶さんの結婚は、あるいは表面だけの問題として形式だけのことであったのではないだろうか、と考えている人もある。

しかし、わたしは実際にきちんと行われたものだと考えている。お猶さんはその後、長く岸屋の内儀《おかみ》さんとして店の経営にもあたっている。

富太郎は猶を幼いときからずうっと妹同様に親しくして来ていて、これはもう自分の運命だと一時期は考えていた。お猶さんは頭も良く、人柄もしっかりしている。しかし残念ながら美人ではない。しかし女は必ずしも美人である必要はない。目鼻立ちなどは別として、どこかに女としての柔和で温順なものを漂わせていればいい女なのだと、彼は考えていた。お猶さんはやさしいところもあるひとなのに、残念なことに肉体的に骨格がいかめしすぎた。

多分祖母にもよく仕え、世間ともうまく事を処してゆくだろう。唯一つ、彼女が結婚の相手として、男の心をときめかせるもののない娘であることは、富太郎にとって不幸であった。
それを承知の上で猶と結婚する。それだけの長い間の親愛がある。これもまた、人の一生にとって大切なことなのだ。

俗に美女は三日見ると普通の女に見えてくるという。美しくない女は三日眺めていると見馴れてしまう。思いがけなくちょっとしたときに見せる表情を愛らしいと思ったりする。富太郎はこの結婚についていろいろ考えたであろうが、彼は決して誰かを欺くような態度はとらない人間であった、とわたしは考えている。

この時代の旧家の婚礼は重々しいものであった。岸屋の当主にふさわしく豪華で重々しく数日がかりで行われた。親戚、近所廻りの花嫁の挨拶も済んで、もうお猶は岸屋の若いおかみさんに納っていた。富太郎は自然に自分の研究生活にかえっていた。猶が店を切り盛りし、酒蔵には若い番頭の井上和之助がきびきび若い衆を指図して立働いているとなれば、富太郎は却って独身の時よりも気兼なく研究に身を入れることも出来る。彼の植物採集はいっそう熱心になった。彼はそのころ植物分類学にとって重要な「科《ファミリー》」ということについても新しく知った。

佐川の町の青年たちに、科学《サイエンス》をもっとよく知らせなければならない、と彼は思い立った。現代でも土佐人は言論の戦いに身が入りすぎて実業に実りが少いと言われるが、これは牧野富太郎が青年もまだ芽立ちのような時代に、土佐を席巻した「自由は土佐の山間より出づ」の頃の気風が、あまりにも強烈であった故ではあるまいか、とその時代を勿論知らないわたしでさえ考えるほど、自由党のそのときの言論の嵐は強烈であった。富太郎も一時期政談演説に浮かれて駈け廻っていたこともあった。それは人眼を驚かせるほどの大幟を押し立てての熱狂ぶりであった。反対党の青年たちと血の雨をふらす大立廻りも辞さないほどであった。しかしもともと理学系統の人であったから、醒めると、ぴたっと植物に還った。

そしてまた彼は、この町に科学を盛んにしなければならないと思い立つと、すぐ着手した。「理学会」という会をつくって友人たちを集め自分の蔵書を会員たちに読ませ、討論会や演説会を開いたりした。

そのようなことがすぐ出来たのも、もともと佐川には科学が身近にたくさんあるという利点があったからである。地層が有名な化石を蔵している地方で、貝石山《かいせきやま》には白亜紀層の化石を産し、歯朶《しだ》、松柏《しょうはく》、蘇鉄《そてつ》、蓴菜《じゅんさい》、などが出土したし、鳥の巣石灰岩からは、ジュラ紀層の有孔虫、うに、珊瑚、貝類、石灰藻《せっかいそう》が出る地層なのである。

他にも吉田屋敷とかその他にも、化石の出る所がたくさんあった。明治十八年に東京大学のエドモンド・ナウマンが佐川に研究に来たことで一層有名になった。

最初の上京から三年目の明治十七年、富太郎は再び上京した。大学を受験する二人の友人といっしょであった。友人たちは大学へはいったが、富太郎は独学の姿勢を貫いた。しかし、この後から東京大学の植物学教室へ連れて行って貰う縁が出来た。

そこは青長屋と呼ばれていた。わたし（作者大原）はいつも植物の生臭い匂いが立ちこめていたからであろう、と思っていたが、そこは青いペンキで塗られていた建物であったそうだ。富太郎はそこでは生き返るようにせいせいした。矢田部良吉教授、松村任三《じんぞう》、大久保三郎という二人の助教授がいた。

彼等は、四国の山奥から、ひどく植物の好きな青年が出て来たものだ、と面白がって可愛がってくれた。牧野富太郎は田舎者らしい一種のんびりした、その頃の土佐人独特の話術を持っていたし、ストレートな猥談《わいだん》も下品でなく話す、妙に面白いところがあった。

教授たちにとって彼の話は、かって聞いたことがない種類の面白さとサイエンスとして動かしがたい真実を持っていた。土佐の言葉丸出しで無邪気に話すこの若者には、他人に対する警戒心のようなものがなく、他人にもそういうものを抱かせるところがない。聴いているとただもう植物が無性に好きで、しかもそこに何の野心らしいものも感じられない、不思議な青年であった。彼等は思ったかも知れない。田舎者ってときにはいいものだねえ、心が暢《の》び暢《の》びするじゃあないか!

事実、豊かな岸屋の一人息子として、誰にも枝を矯《た》められることなく、すくっと思うままに育った富太郎には、収入とか、待遇とか、出世とか、そういうものから自由になれない人たちには、理解しにくい長閑な雰囲気があった。また一方で彼の礼儀正しさも好感を持たれたにちがいない。名教館で教育された少年たちは士族の子弟で、いずれも礼儀正しかった。

大都会の軋《きし》むような人間関係の中で生きている人々から見れば、牧野青年には何か不思議としか思われない無慾、恬淡《てんたん》とした、温い緩やかな雰囲気があったのであろうと想像している。

しかし、その反面で牧野富太郎は、相当に悪辣《あくらつ》無残な人間もつけ入る隙間のない、用意周到、そして繊細緻密、鋭い観察眼を、植物の研究からいつか自分のものとして会得していたのであろう。それが証拠に、相当に悪辣無残な人間もいたに違いない高利貸なども利用しながら、対等に渡り合い、明治年間には同郷の富豪岩崎彌太郎の会社から二千円という大金の借金を肩代りして貰っている。さらに大正五年には、標本を質草にとは言え三万円の借金を、京大の一青年富豪に肩代りさせている。

教授たちは初め、教室の本を自由に見ていいよ、標本も、と彼に対して寛大であった。公平に考えても、牧野富太郎はこの教室で他の正規の学生たちよりもずっと有功な方法で、じつにたくさんの勉強をさせて貰っている。

後に植物学の俊秀となる三好学《まなぶ》、岡村金太郎、池野成一郎たちという選りすぐった同学の親友を得たことだけでも、得がたい好運であり、生涯の収穫であった。

明治十九年、東京大学理学部は、帝国大学理科大学となり、植物学も世界の植物学となってゆく。牧野富太郎は大学というものが権威を加えてゆくこのような状況のなかでも、自分の選んだ独学という方法に何の不便も感じなかったが、唯一つ、日本に植物学の研究成果を発表する有力な専門雑誌のないことには、大変な不便を感じていた。

そのことを友人三人ほどで話し合い、植物の研究雑誌を刊行する相談がだんだん熟して行き、具体化して来た。ここまで来れば、矢田部教授に諒解《りようかい》を得ておくのが筋だろう、ということになって、教授を訪ねて行った。矢田部教授の助言としては、

「東京植物学会にはまだ機関誌がないから、君たちで作る雑誌を学会の機関誌にしたいね、どうかね？」

というのだった。そりゃあいいですね、と学生たちにも異存はなくやがて明治二十年彼等の作った雑誌が土台となり、矢田部教授の手の加えられた「植物学雑誌」創刊号が発行された。

これに刺戟《しげき》されたように、「動物学雑誌」「人類学雑誌」が相継いで刊行されることになった。それらの中でも、彼等の手になる「植物学雑誌」は一際垢抜けして品が良い、と彼等には思われた。各頁が子持線で囲まれ、整然としていて、文章も雅文調で品格があった。

牧野富太郎は自叙伝にそう書いているが、雅文調は少々ゆき過ぎ、凝りすぎで、そして古めかしすぎる。理学雑誌としては少し好みに偏しているとわたしは思う。生新溌剌《せいしんはつらつ》さが犠牲になっている。

しかし、わたしが大層感心したのは、その編集体制の新鮮さである。編集幹事は一年交代制度になっていた。その一年間は全責任を持つ。その代り他の者は文句は言わない。横書がいい、と主張する幹事の一年間は、雑誌は横書になった。この徹底ぶりには、自由と個性を尊重する明治二十年代の若き理学者たちの面目が躍如としているではないか。

祖母浪子が亡くなったのが明治二十年の五月であった。富太郎は祖母の恩に酬《むく》いるために盛

大な葬送を行った。これを境に、お猶さんとの間も言わず語らず、事実上の別離となった、と思われる。富太郎はもう数年間も長く東京の下宿に書生暮しで佐川には居なかった。

富太郎は太田義二の印刷工場に通い、熱心に石版印刷の技術を習得した。それによって翌二十一年十一月十二日、「日本植物志図篇」第一巻第一集が出版出来たのであった。

その頃の猶からの手紙が残っているが、彼女の淡々たる気持がすでによく出ている。

先日来毎度電報御こし遊ばされしところ、早速罷《まか》り出づべき筈に候へども先日申上候通りの病気にて、遠路旅行致すこと甚だ都合悪しく、また代人をやといたくも折柄《おりから》旧年末にて人もあり難く、その上事情少しも分り申さず、何卒手紙にて事情くわしく御《お》申越《もうしこし》遊ばされたく、事情によりて構わぬ人探し申候へば何卒委細御申越し下され度《たし》。
私も病気よくなり申候へば早速罷り出《いで》、御あいさつ仕《つかまつ》り申すべく候
至極申上げがたき事なれども何卒帰国致し候様《よう》、お世話様ながら願上奉り候

一月十二日

猶 より

富太郎様

この日頃東京の富太郎からは矢の様にきびしい送金の請求があった。猶はもうほとほと富太

郎に対しては言葉も愛想も尽きる思いになっていた。彼が精根こめてつくった「日本植物志図篇」第一巻第一集を送ってよこしたときもほんの挨拶だけの手紙は出したものの、岸屋の親戚中から借金をして送金するのももう彼女の手には余るところまで来ていたのである。

先日は御自製の雑誌御送り遊ばされありがたく拝見仕り候　多年の御望《おのぞみ》かない、さぞ御満足の御事《おんこと》と存じ奉り候（二字不明）へ御出遊ばされ候節お目にかかり申さず、甚だ残念に存じ奉り候（一字不明）へ御出立の節私手製の真綿、少々ながら呈上、御笑納遊ばされたく候

（この一通は末尾が千切れて紛失しているが富太郎あてのものであることは文章によって疑いようがない。しかしもう夫婦という真情溢れたものではなく、親族としての儀礼に尽きている文面である）

七、新世帯と窮迫と

明治二十三年の秋、富太郎は結婚をする決心をした。大学への行き帰りの途上、彼が深く心を惹かれた菓子屋の娘とである。いつも日本髪をつややかに結っていて、面長でどこか粋なところのある娘であった。心が決ったところで秘かに聞き合せてみると、二十歳には十分見えたがまだ十六、七歳ということであった。

このような相談ごとの出来るのは、親しくしている印刷屋の主人、太田義二の他にはなかった。若い職人を使っている彼には、こんな相談の持ちかけ易い親しみがあった。

「牧野さん、あなたは仲々女を見る具眼《ぐがん》の士ですな、いまはわけあって落ちぶれていますが、もともとの育ちはいい娘なんですよ」

という話だった。

「針仕事も字も人並には出来ます。父親に死なれていまは落ちぶれていますが、昔は乳母日傘《おんばひがさ》という育ちです」

富太郎も、いまは自分も書生っぽで故郷の実家も傾いている。案外似合いの夫婦かも知れない、と内心考えた。

万事、太田義二に委《まか》せてとりはからってもらい、小さな杯事を形ばかりに済ませて、根岸の里という、上野公園の崖下にあたる、そのころはまったく郊外の田園に所帯を持った。

吉原堤に近く、日本橋、京橋あたりの大店《おおだな》の保養所、別宅や寮などがあり、音無川の流れといい、御行《おぎょう》の松の林など、全くの静寂な田舎であったが、大きな邸《やしき》の離れで別棟になっている小さい一軒を借りての新世帯であった。

あとから考えてみると、この結婚には、富太郎の納得出来ない、得心のゆかないことがいくつかあった。極く極く内輪の杯事であったとは言え、花嫁の親兄弟というものも親戚という者も一人も出席しなかった。母親は京都に居ていまは全く手の放せない事情にあるということで、太田義二がいっさいの責任を持つという話であった。

だいいち、新郎の牧野富太郎の側の親戚が誰一人出席しないのだったから、先方にだけそれを要求出来るはずもない。何しろ遠方なのでという一言で、すべては片づけられた。若い二人は結婚さえ出来れば、何も別に文句はなかった。

しかしこの結婚のいきさつには確《たしか》に秘密にされている事情があって、将来、長い間にわたって富太郎を悩ませることになった。忽ち子供が次々と生れ、彼等は父として母としての責任を負わなければならなくなったからである。

この結婚前後の富太郎の年表は、色々の事情が輻湊《ふくそう》していて、前後が誤っているらしく推察できるところもあるが、何かかなり混乱していると思われる。はっきりしているのは、富太郎と大学との関係で、有名な矢田部良吉博士との確執である。

富太郎の「日本植物志図篇」第一巻第六集が出たあと、彼は突然、矢田部博士から大学への自由な出入りを断られることになった。

「実は、私も今度『日本植物志』を出すことになったので、今後お前に教室の書物や標本を見せることは断ることにした」

富太郎にはこれは全く青天の霹靂のような宣言であった。聞かされたときはあまりにも信じられなくて、とっさに返事ができなかった。

思いに沈みながら、彼は根岸のわが家に帰って来た。

「どうかなすって？　いつもとちがっていてよ」

妻に訊かれてやっと平常心をとり戻した。

「いや、何でもない。ちょっと考えごとをしていたんだ」

さり気なく答えておいたが、その夜はまんじりともせず彼は思い悩んだ。夜の明けるころにはやっと自分のとるべき態度について心が決った。

翌日の夕方、彼は博士の帰宅を待って麴町《こうじまち》富士見町の博士の自宅を訪ねた。

「先生も十分ご承知のように、いまの日本では植物学のような地味な分野を研究する人間はきわめて少数です。その中の一人でも圧迫して、研究を封じるような事をしては、日本の植物学にとって損失です。私を教室に出入りさせない、教室の本や標本を見ることも絶対に禁止するなどということは撤回して下さい。著書は出版されればもう万人の知識となるべきです。先輩は後進を引き立ててやるのが義務だと思われませんか」

富太郎は誠心誠意話しているつもりであった。しかし矢田部教授は頑として聴こうとはしなかった。

「君は正規の教育を受けて来なかったから、真の学問の在り方というものを知らないのだ。学者は自分の学問に生命をかけている。西洋の学界なんかのきびしさを一度味わって見給え。一つの専門の仕事を完成するまでは決して他人に一部分でも見せることはしないよ。それが常識だ。それくらい真剣なんだ。私も自分の仕事をやる間は、お前に教室に出入りされることは禁止する」

と強く拒絶して引かなかった。

外国の大学に留学した教授の言うことは真実かも知れない、と富太郎も考えた。師弟の間でもそのように烈しい競争意識があってこそ、学問は進歩するのかも知れない。しかしおくれている日本の学界では、教授と学生の間にも日本人らしいやさしい援《たす》け合いがあってもいいのではないか、と彼は考える。たしかに先輩や友人の援助を自分はたくさん受けて来た。しかし、自分もまた研究して判った事のすべてを友人先輩のすべてにそっくりさし出して来た。いささかもそれを惜しんだ事はない。然《しか》し人間は一人一人意見が異なるのは仕方がない。矢田部教授にそれを求めるのは止めよう。しかし、日本人の根性というのはそんなに狭くていいものだろうか——。田舎の裕福な家庭で、万事のんびり育った彼の、一方では非常に負け嫌いな性質には、矢田部教授の狭量な意見は我慢できないものがあった。

そうだ、外国へ行こう。彼は突然そう考えた。そうだ、ロシアへ行こう。マキシモヴィッチのことを思った。彼のような包容力のある学者の下でのびのびと研究がしてみたい！　富太郎はすぐに、マキシモヴィッチと親交のあった宣教師のニコライを通じてマキシモヴィッチに依頼してもらった。

しかし神は、そんな安易な考え方や行動を許さなかった。彼の依頼した手紙と行きちがいに、ロシアからはマキシモヴィッチの令嬢の認《したた》めた、父マキシモヴィッチの急逝を知らせる手紙が届いたのであった。

富太郎は愕然とした。自身のことは、自らで解決しなさい、とマキシモヴィッチに叱咤された心地がした。矢田部教授の意向を受入れる覚悟をした。戦闘開始だ。おれだって男じゃないか、と思ったのだ。

それには取り急いで手を打たなければならないことが彼には幾つかあった。

先ず第一に「むじなも」の実験の場所を探さなければならない。この「むじなも」という植物は、彼が日本では最初に採取した貴重な藻であった。これを生活させ、研究するために必要なものの用意が彼にはなかった。困り切っていた彼を、今度も親友の池野成一郎が助けてくれた。駒場にある帝国大学農科大学の研究室の水槽の一つを借りてくれたのである。

こうなった上は、あくまでも矢田部教授の圧迫に抗して、困難を堪え抜いて「日本植物志図篇」を続刊する外なかった。負けてはいないぞ、よっし、自分の採集した新しい植物に、学名を自ら附け、記載文も書き、誌上に発表してゆこう。大学や学界から一人前の植物学者として認めて貰うのを待つのではなく、自ら、自分を植物学者として認めてゆくのだ。友人たちにも相談すると、若い植物学者たちは、皆賛成してくれた。自分はどの教授の弟子でもない。自分のやり方で、独学で植物学者になったのだ。遠慮しなければならない直属の師というものはないのだ。池野成一郎も、彼の意見を認め、出来るだけの助力もしよう、と誓ってくれた。

その頃、日本では植物に学名を附けることはまだ誰もやっていない。自信がなかったのであろう。しかし富太郎は「日本植物志図篇」第七集から率先して植物に学名を附し、記載文を発表し始めた。この第七集に初めて学名及び記載文を附して発表した植物が「むかでらん」であった。その一部分を引用すると次のようなものである。

〈本州中部以南の暖地の岩面また樹皮に着生する気生《きせい》蘭で、珍しいものである。初夏の頃茎に対生して短かい花柄《かへい》を側生し、直径八ミリほどの小さい淡紅色の花をつける。(中略)多数並列する葉をムカデの足にたとえてこの名がある〉

「日本植物志図篇」第七集は、明治二十四年四月に出たが、続いて第八集、九集と刊行されて、二十四年十月には第十一集に達した。すべて彼の自費出版であった。佐川への送金の請求はこの期間矢つぎばやなものがあった。

岸屋を預っている牧野猶からは悲鳴のような手紙が届くようになった。

本日、電信ヲ以《もっ》テ送金ノ事御申越シニ相成《あいなり》候へども兼テ御面会ノ節且《かつ》手紙ニテモ毎度申上候通リ、内ニトテハ少シモ無之《これなく》又他ニテセワ方致シ候モ総《すべ》テ御所有ノ物ハ私ノ勝手ニ取計ラウ事ナラズ何ヲ以テ金策相付《あいつき》候也や、其《そ》レ故ニ先日モ申上候通リ一寸御帰宅ニ相成リ候へバ攄々《よりより》ニ話シ合ノ上金策致候心得ニ候ヘドモ御帰リモ無之、何共致シ方無之候、是非トモ一寸御帰宅相成ラズテハ（二字不明）金策相付申サズ候間、左様御承知遊され度《たく》候

九月廿五日

牧野　猶

牧野富太郎様

この一通だけ送り仮名が片仮名になっている。きっと座り直した猶の身構えがよく表われている。昔の人は候文であったために、こういう場合、文章がその人の気位の在りどころをよく示している。彼女の他のどの手紙とも異なる品位を示している。

牧野猶は牧野家一族として最も多く富太郎のわがままな研究ぶりを助けて来たし、生涯牧野富太郎とは血の濃い親戚として一番深い交渉があった。

八、故郷との別離

猶の条理を尽した、抗弁の余地もないこの手紙を受け取って、ようやく富太郎は重い腰を上げることになった。

年譜によると、一八九一（明治二十四）年十二月、郷里の家財整理のため帰省、とあるが、事実は十一月始めである。次のように十一月十二日付の寿衛子夫人の手紙が明白に残っている。

鳥渡《ちよつと》一筆申上候　さてあなた様には御きげんよろしく御帰国遊され何よりお目出度き事とかげながら喜び安心いたし候、さっそく神戸より御便り下されまた十日に電信くだされ二度ともたしかに相つき候

次にお猶さまには御気嫌よろしく候や何とぞよろしく申し上くだされたく候　次に私方皆々無事御安心下されたく候　また御伯父様にも追々と御全快に相成五、六日前より床をあげ日々よろしき方ゆえ御安心遊されたく候　また先日あなた御出立のあくる日より、おその病気になり大の熱また口中にものが出来びっくりいたし加藤へ参り診察受け候ところ、誰ぞ口中悪しき者はなきか、伝ったものにちがいなきとの事、よく考えてみれば婆やの口中くされ、加藤のいうには婆やのそばにおくなと申され、その上おそのにひどく取扱い、私の側をちょっとも離れず食べものは二三日前まではちょっとも食べられず実に心配いたし候へども昨日よりは食物も食べられる様に相成り候間御心配なく候へども、日々淋しがり病気の中《うち》はあなたを探し、とうちゃんは、

とうちゃんはと訊きずめ、お国か、すぐお帰りかなど哀《かわ》いそうなくらい探し、おその病気中婆やはおそのにひどく、用事はせず、私がもの言いつけると返答のみいたし、じつに婆やには困り候　日々近所よりくだらぬ事聞き参りうるさくて困り候　また去る七日に井口さんよりはがき参り、それゆえお断りに参らうと存じおり候も何分おそのに手が放されず、今日までおくれおり候ところ又々今日井口さんお出かけ下され、お断りは申上おき候間何とぞあなた様よりお手紙さしあげくだされたく、井口さん仰《おお》世《せ》にはあなたにお話しおきしてようようのあつめを御上京の節お持下されるよう申上くれとの事に御座候　また池野さんお出下され汽車で怪我でもなかったかとお見舞下され、左様御承知下されたく候　その後、皆に払い、とりに参り候間、十五日までと申しおき候間、是またお国よりお送り下されたく候（たか）の方を今月の内にやればよろしく候と申しおり候へども近処と人中と申しをり候間左様御承知下され候　又西京の方より手紙参りなるだけ早く衣服片づけなど申し、またおきみよりは迷惑するなどと申し参り候間まことにお気の毒ながらそのよし御承知くだされ度願い候　それに岡本はじつにわからぬ人で、十日までと断りおきし品、二品、まだ郷里より金が来ぬゆえ、十五日まで待くれと申すに聞かず、ようよう十五日まで待たせておき候、左様御承知下されたく候　また加藤さんに薬代四、五ごろのが八拾銭とまた今度のはまだわかりませんが御座候間何とぞそのおつもり下されたく、また（たか）の方のはじつにうるさく早くあれを取り関係の無きように遊ばさねばあなた様のお顔よごしに御座候　左官屋の娘の話など、私に皆々様がお聞かせ下され候へども、あなた様には七、八月ごろよりはよほど深い御中《おなか》におなり遊ばし、また、高知県よりも御便りのよし、じつにかげながら御うらやましく存じ候、御出立の後も二度ほど左官屋へは御便りのよしさだめし御愉快の御事と存じ上げ候　(たか)より皆々聞き候、御文通遊ばし候御事は前々よりきき候へどもその前のことは……(中略)

先日私も産婆にかかり候ところ、来月は何時知れぬと申しおり候間何かとその心づもりいたしおり候へども、何分いまの家では仕方なく、またいまの婆やでは仕方なし、もし御上京てまどり候ことなればお考え下され候て御返事下されたく候　またややこの衣服の用意もなく候ゆえ是また御承知下されたく候、おそのは今日はよほどよろしく候間御安心下されたく候、(後略)　末筆ながらあらあらかしく

十一月十二日夜　寿衛より

旦那様

書き添え申候ずいぶん御身御大切に遊され、御機嫌よく一日も早く御帰り遊され、おその又は三番町の(娘)をお喜ばされ度願上候

この寿衛子夫人の手紙は、何しろまだ十七か八歳のころの手紙であり、あて字が多く大変読みとりにくく、内容にも理解出来ないことが書きつらねられているが、生き生きした面白さを現わすため、一部分を引用することにした。

読者も考えてみてやって下さい。十七、八歳くらいの若妻の彼女は、臨月の身で病児を抱え、一方では借金の催促に次々と訪ねてくる男たちにひたすら頭を下げ、断りと詫びのむつかしい挨拶を繰返しながら、夫の留守を守っているのである。

もうすぐ生れてくる子供の産着の用意さえもないような不如意な生活の中で、幼い病児を抱えて、殆ど十日毎に利子の催促にやって来る何人もの男たちに、ひたすら詫びながら四国の郷里に帰っている夫のやりくり工面をして送ってくる金をひたすら待っているのである。

富太郎のこのときの帰郷は殆ど丸一年に及んでいるのであった。しかもあとでわかるが、その間夫は好きな音楽遊びに夢中になっていたのであった。一方、彼女の方はたくさんの、それも至急を要する手紙を書く必要に迫られたのであった。その殆どは借金取りの報告である。ただ次の一通だけはちょうど正月の手紙なので、さすがに暢びやかなものになっている。

鳥渡文にておたずね申上候

其後はご機嫌よく遊さるべく御目出度く存じ上候　次に私方皆々きげんよく暮しおり候間御安心下されたく候　私より文三、四本さしあげ候へども相着き候や　ちょっともお文の便りなく写真もおつき候や、何とぞ御便りきかせ下されたくまことに日々ゆびおりかぞえ御返事御待ち申上候へども何の御便りなく、もしや先だっての御病気ひどく相成はせぬか、または外の御病気は出はせぬかとつまらぬ心配いたし、又は何かとお腹立ちもあらんかとそれのみ案じ、こまの処へは高知より毎日の様に便りあり、まことにうらやましくなぜ私の処へはお便りがないかと思へば何やら気にかかりねても寝つかれず、さだめて御用多くには候わんと存じ候へども御文の便り御きかせくだされ度候　私の心中おさっし下され度くこの手紙つき次第お返事下されたく、くれぐれもねがい上候　またこまもよくはたらきくれ、きげんよくいたしおり候間御安心くだされ度候　また乳母はいとまやり断り候へば、今度は奉公はせず家を持ち小身内の下女と二人で近所へ家を借りる由《よし》申し、家のある迄置きくれとの頼みゆえ、嫌とも言われず去る十日迄置きやり十日にいとまやり候間左様御承知くだされたく候　あなたへよろしく申上くれと申しかへり候　先日の手紙へ書きおき候へども伯父様がはやく金を返しくれる様手紙を書いて出せと仰せ遊され候間、何卒伯父様へ早く御送金遊されたく、私があなたの方へ申上ぬ様でまことに気まり悪く候間、何卒お願い申上げ候　私もまことに健康には候へども、何しろ少々産がのびおり身重く日々大儀に相成もう二、三日の内だろうなど産婆が四、五日前に参り申しおり候、もう間もなくのことと存じ候　またおそのは追々と成人いたし此節《このせつ》はおじぎがよくできる様に相成り、さだ

めし、今度あなた御上京のときは、よほど変りておりましょう、早く見せたい事よ
先日長谷川さんお出なされ、「都の花」と国史略の本弐冊とお返し下され候間念の為
申しあげ候
堀見さん年始にお出下されまたやり沢という方お出なされ候　その外はがき参り候間
お送り申上候　あまりお便りなきゆえ案じられ、もしや御病気ではないか、又はおは
ら立ちもあらんかと心配いたしおり候　まことにごめんどう様ながら御手紙くだされ
度く　くれぐれもお頼み申上候　ずいぶんずいぶん御身御大切に遊ばされる様ねがい
上候　まづは御見舞いながらおたづね申上候　あらあらめでたく

寿衛より

一月十七日

旦那様

明治二十四年十一月十二日夜、寿衛子夫人の認めた長い手紙に対して翌年一月十七日になっても、富太郎は一通の手紙も出していない。夫人はしきりに心配し、夫が佐川で病気になっているのではないか、それとも昨年十一月十二日付の自分の手紙の文面に立腹しているのではないか、としきりに心配している。自分宛には一通のハガキさえ寄こさない夫が新しく雇った女中にはときどきハガキを寄こして、若い女中を笑わせる話など書いてよこすのである。

これは自分の先日出した手紙に対して明らかに怒っているのにちがいない、とようやく気がついている。(左官屋の娘のことなど、あのような手紙をよくも書いたものだと、もっと早く気がつくべきなのに、まだ自分は十七歳くらいとは言え、少し心が軽々しすぎた、といまごろ気がついているのである)

仮にも遠く離れた実家へ帰郷している夫のところへ出す手紙というのに、あまりにも心づかいの浅い品性下劣な手紙を書いたものだと、夫人は劇しい後悔に迫められて矢も盾もたまらないような、焦立《いらだ》たしい悲しい気持になっている。郷里の親族の人々の誰の眼に触れるかも知れない手紙でもあったのに、何という不用心な、気品のない文章を書いてしまったものか。

一方富太郎の側としては劇しい失望と腹立たしさに、返事など書くものかと心の底から怒っていた。思い妻として、水入らずの新世帯を始めたばかりにもう子供が生れるし、一方、一身上重大な矢田部教授との確執という大問題に、妻の人となりも十分に知る間もなく、東京の町中に残して帰郷しなければならないことになり、故郷で受けとった最初の手紙であっただけに、富太郎の失望と立腹は劇しいものがあった。何よりも妻の手紙の品性の無さが、彼には真実応えたのであった。

しかし、女らしく具体的なこの手紙は、当時の牧野家のありのままの状態をよくわからせている。これによると、三番町の家にはなぜか富太郎の伯父なる人も病臥《びょうが》していて、ようやく本復したとあり、帰郷に際して彼はこの伯父からも金を借りて行ったものらしく、伯父がその金を早く返すように、手紙を書けと寿衛子に頼んでいる。しかし佐川の富太郎からは一向に返金がないので、まるで自分が伯父の言葉をあなたに伝えていないようで、まことにきまりが悪いから、必ず早く送金して欲しい、と頼んでいる。

また手紙の中に相ついで出てくる井口さんとか、（たか）とか、西京の方とか、おきみとか、また、「それに岡本はじつにわからぬ人で……」と憤慨している人物とかは、すべて借金の利子の取立に来た高利貸や質屋であると思われる。富太郎も高知で金策をして何ほどか急場しのぎの送金はしている。

（たか）というのは何者かよくわからないが、子守りにやとっている少女か何かのように思われる。西京の方というのは京都のことで、寿衛子の母あいが昔、芸妓として出ていて、小沢一政と出会ったところであり、一政の死後、窮迫したあいが、一時、芸妓置屋を営んだ土地でもあった。おきみは当時、抱え妓の一人であったといわれている。いまは、地方の議員か何かしているらしい、大分羽振りのいい男性に落籍されていて、小さい二間くらいの家に二号さんとして暮しているらしい様子である。

富太郎が佐川へ帰る前の、明治二十四年七月二十二日付になっている寿衛子の京都から出した長い手紙が二通残っている。

このときすでに長女おそのが生れていて、まだ乳飲子であるにも拘らず、父親の手許において、一人で寿衛子は京都に行っているのである。暑いさかりの七月から八月へかけて、京都はちょうど祇園祭りの頃である。長い手紙で、他の寿衛子の手紙と同じく具体性には富んでいるが、肝心の、どういうわけがあっていま彼女が京都に滞在しているのか、という理由は、どこにも書かれていない。それを推測することの出来る言葉はどこにもない。じつに不思議な手紙である。

夏のさなか、京都盆地のしのぎがたい真夏になぜか寿衛子は赤ん坊のおそのを家において、おきみ、といつも呼びすてにしている女の狭い妾宅《しょうたく》に身を寄せていて、病気になり、大層苦労をしているのである。これが彼女の富太郎宛の、残っている最初の手紙である。

鳥渡御たづね中上候　先日御文被下《くだされ》その後私から文さし上候へども相着候やおたづね中上候　その後あなた様には御病気いかがに候や、私も大きに心配いたし先日より御見舞を中上度存じおり候へども私もちょっと胸がはれ痛み、十八日ごろよりは目をわずらい一時は腫れふさがり医者をよびよせ大きに心配いたし候へども今日はよほどよろしく、まだ痛み候へどもだんだんよろしくと存じおり候　胸いたみはまだ止まらず今日兄のところへ病気の電話かけるつもりに御座候　手紙やり度くござ候へども何分目がいたみ書けず、それに電信でなくては早くいきませんゆえ私も医者の薬代現金払いゆえ、私の衣服やりくりをつけ日々の薬代はらいおり候へども何分兄のところよりは一言の返事なくまことに困り候　何とぞ恐れ入り候へども金子《きんす》御都合つき次第お送り被下度、日々おたより待ち入り候　御病気いかがに候や、この文つき次第御たより被下度候　おそのはきげんよろしく候や、ちょっとおたづね申上候　御病気御全快次第一日もはやく御出立遊ばさる様ねがい上候　私も一昨日あたりはのどから血がよほど出ました　今日はよほどよろしく候間御心配下さらぬ様念じ上げ候　おきみのうちも一間ゆえ、からだ悪くとも寝ている事できず、それにおきみの旦那が昨日から休みでうちへ来るとのことまことに気づつなくて困り候（中略）今日兄のところへ（スエビョウキスグコイ）として電信うつつもりに候　今日これから人手を借りて電信かけるつもりに候　御都合相つき候へば金お送り下されたく候　何卒お助け下されたく候　目がいたくて書けませんから御許し下され度候　この文つき次第御返事下されたく候

七月二十三日　朝　寿衛

牧ちゃんへ

（おきみのうちも貧乏ゆえ困り候、それにおきみの母が死にましたから猶養生している事出来ずこまり候）

去る十五日出のお手紙昨日夕方にたしかに相着き、御細々との御処置かたく拝見いたし候へば、あなた様には十二日朝から御病気との事、大きに驚き病気は何の病気に候

や　何分暑さのかかりからかけ、今ごろは気候悪しき時ゆえさだめし御たい儀に御座候と存じ（中略）何とぞ御養生遊ばされ一日も早く御全快なされ、どうぞ〳〵ふだんの牧チャンになって頂戴《ちようだい》よ
私も遠く離れているとまことに心配ゆへ、　昨年の様に東京におります時なれば例へば御病気にても私が出来るだけの御介抱はかくれて内（家）を出ても御介抱いたしますけれども何分今の身では思うにまかせず、ぢれったいけれど胸をさすり御文拝見いたしてより、とても御そばで御介抱ならぬゆえ昨夜よりギオン神社へ御神心《しんじん》いたしかげながら御病気御全快の事一念に神かけねがいおり候間、何とぞ御養生遊ばされたく、今牧チャンの御身にひどき御わずらいあるときは遠くへだつる私はいかがになるやも知れず、またおそのが第一かわいそうなれば、一日も早くよき医者にかかり御直し下されたく、くれぐれも神かけ念じ上候　私はそれとも知らず色々御つごうあるところへ金の事など申し何とぞ何とぞ御ゆるし下されたく候　私もあまり兄のところよりはたよりなくまた金はなくなり、奉公するにも出来ず、それにそんな事はおきみなどは知らぬゆえギオンまつりだから行くと申し……（中略）兄のところからはまだ何とも返事なく、手紙は電信とも三本やりましたが返事なく、それゆえおきみは、どうも兄さんところよりは返事なく又母さんところよりも私のことあづかりおいてくれとか何とかたのみなき上はいかがの次第なるやと申し、兄さんのところより一応のたのみも

なくとはあまりだと申し、それに先日宿屋を変えるとき八拾銭ほど立替てもらったのがあるもんですからなほそんなこと申し、母さんの処を私に知らしてくれず手紙をやるなど申し、いま文やられては仕方なく此のうちを出ねばならぬことに相成り、かねがないと云うて兄さんを待っても、来るやら来ぬやら知れぬゆえ、早く母さんの処へ文やって東京へ帰りなされなど申す　ぜんたい慾深き心あまり良からぬ人なれども、私も知らぬ所で宿屋へ泊っても剣呑と存じそれゆえ頼りましたけれども手元に金がないと見てとり、出す考をして、それも兄が早く返事をくれたらそんな事にもならぬものをと、日に心配のみいたし待ち暮しおり候へども何とも返事なく、いかがいたしたらよかろうと心配いたし候　この様なこと御病気中にお聞かせ申すは道でなく候へどもまことに相談する者なく、それゆえ牧チャンにおすがり申しおゆるし下されたく候わたし、おきみのうちを出て心安くなりました家もござ候へば、うちとりかえるつもりにござ候、わたしも人のせんだくでもし、また衣服の仕立てもして小銭だけでも取るようにするつもりに候　かえって知らぬ所なればせんだくしても恥かしくはなく候、今日よりするつもりに候　すまぬことながら金子のこと何分よろしく　御身御大切に御養生専一に、何卒おそのをよろしく願上候、申上たき事はござ候へども何分人目多く、それゆえ用事まで申上候

寿衛より

牧　チャン江
　八月十六日　朝
　　おたかによろしく

手紙文中の傍点（大原打つ）のところで明白になるように、牧野富太郎の結婚は、後年彼がよく話していたように、印刷屋の主人太田義二の仲介による正式のものではなく、太田は介在したにしろ、ほんの口きき程度のことで、事実は若い二人の安直な同棲から始り、おそのという長女の生れた後、寿衛子の母側から強い反対があって、母の許しが得られないために、京都の兄の力添えを頼もうとして京都に行き、思いもかけぬ病気になって困り切っているのではないか、というふうな推察もなり立つのである。

兄の方が予想に反していくら電報しても手紙を出しても助けてはくれない。ここに（たか）という、子守りか何かの少女がすでに東京三番町の家にいることがわかる。

若い日にあり勝ちないきさつが牧野富太郎にあったとして別に不思議はないが、寿衛子の側から言えば、土佐の富裕な醸り酒屋の一人息子ときいていたにも拘らず、同棲してみてからのあまりの貧書生ぶりに、母親が将来を心配してこの騒ぎになったのかも知れない。

この明治二十四年八月の京都行きの時から、同年十一月佐川への富太郎の帰郷までの間に、この問題がようやく一応の諒解に漕ぎつけられたのであろうと推察される。以後、寿衛子の親、兄妹の出現は、寿衛子の生涯にわたって一度もないのである。寿衛子はまるで天涯孤独の女性になったようで、親兄弟が彼女に関わって出現することは以後いっさいなかった。

（この一連の寿衛子の幼いが真実の思いのこもった手紙が存在したために、わたしはこの作品を書くことが出来たのだ、と思う）

牧野富太郎の生涯を描いた著作は何冊もあって、数えあげると相当の数にのぼるが、その殆どは、植物学者としての彼を描いたもので、いずれも、世界的植物分類学者といい、不世出の偉大なる学者といい、殆ど神格にまで称えられているものが多い。人間牧野富太郎を、わたしは描き切ってみたいと考えた。

若く貧しい植物学の独学者としてユニークな彼の性格とその努力の生涯を知って、始めてこの作品を書く決心がついた。

無邪気で世にも稀な気の好い若妻であった寿衛子の、常人には仲々に成し遂げがたい生涯の姿を知ったこと、常の女性にはとても成就しがたい苦労の多かった生涯を、体力のつづく限り成し遂げた彼女の存在を知って、初めてわたしがこの作品を書く意味を摑むことが出来た。

牧野富太郎は、自分の結婚については、すべてをきれいごとに書いたり、語ったりしている。しかし真実を語ってこそ、彼とそしてその妻のほんとうの人間らしさとその地味な偉さというものが判明する。わたしはむしろ、そう考えている。

若く貧しい、その代りに純粋な人間として生きた日々は、それなりに貴《とうと》く、恥ることなど何一つないのである。

寿衛子はいまの中学を卒《お》えたばかりの若さでいながら、貧書生の、生活のための努力はすべて植物学の研究に打ち込んで生きた夫を理解して、彼女の生涯のいっさいの力をさし出している。彼女はじつに愛すべき女性だとわたしは思った。富太郎が彼女にどれほどの深い感謝を抱いていたかもよくわかる。

明治の由緒ある地方の名家に生れた彼が、五十五歳というまだ若い身で夫にささげ尽した生涯を終っている妻に対して、言い表しがたい哀憐《あいれん》の思いと深い感謝を抱いていたことを推察すると、このような若い日の妻の無邪気な手紙を、破棄するに忍びず、死後まで取っておいた気持も十分にわかる。

ところで土佐の佐川に帰ってみると、我家の財政の荒廃は、目もあてられない惨憺たるものであった。

富太郎が矢田部博士の狭量な仕打に対する男の意地で「日本植物志図篇」を出版するために、矢つぎ早に大金を都合させた岸屋の状態は、もはや猛獣の喰い荒した後の廃墟となっていた。番頭の井上和之助は富太郎が頼みに価する人物であったが、性急な富太郎の要求に応じて、借りられる金は、親類、縁者、他人と言わず、借り尽していた。不動産はすべて富太郎の印なしには動かせないので、和之助と猶とは、富太郎の足許に火のついたような性急さに、借りられる所からは片っ端から借りていった。田舎とは言え、金銭の鬼のような人物はどこにでもいる。日歩いくらという大金を借りつくした岸屋の不動産は、もはやいっさいを投げ出しても不足することは親戚一同の眼にも明らかであった。そのような見透しが富太郎を肯かせるのに一年近くの年月を要したのであった。

そのうちに東京の妻からは、ひっきりなしに切羽つまった哀れな窮況を訴える手紙が届いたのであった。

寒気甚しく候へども
あなた様には御変りもなく御機嫌よろしく御年重ね遊され候わんとお目出度存じ上げ候　次に当方も一同無事御安心下さるべく候　猶去年十二月替為金二十円御送り下され、たしかに相着き早速御返事をさし出すべきところ、おその病気とてまことに延引致し何とぞ〳〵御ゆるし下されたく候　おそのこと去年より風邪ひき、それが元にて一月卅一日よりよほど悪く相成りまた全快致さず、米粒をいっさい食べず、じつにやせ細りまことに心配致しおり候　昨夜も熱に浮かされ、トーチャン〳〵と申しじつにかわいそうでたまらず、私はちょっとも傍をはなれず唯々寝たきりでおります　もうよほど快くならねばならぬはずなのにちょっともよろしき方に向わず、まことに心配致しおり候　またおかよこともからだ中に出来もの出来夜がな夜日に泣き通し、おそ

のは泣き、じつに困りおり候　あなた様にも御用すみ次第一日も早く御上京遊され度
待ち申し候　私の月もまだ直らず病人だらけで困り、物は入りますし、そんな中へ、
源六様はやはり御出遊ばされ、ただただ遊び、じつに気楽なお方ですねえ　あなた様
には寒さのおあたりは御座なく候や、こちらの病人見るたびにもしや病気ではあるま
いかとそれのみ案じ、どうぞ御身御大切に遊さる様神かけ念じ上げまいらせ候　又先
日井口さんへおかし中上候植物はお返し遊ばされ候間、左様御承知下されたく候　ま
たお猶さまより源六様へ御衣服お送り遊され、その節私へ猶さまよりお手紙下され、
またおそのへも書き下され候よくよくお礼申上候　私よりちょっと手紙さしあぐべき
ところに候へども、何分子供病気中ゆえいづれあとから記し出し候間よろしく御礼申
上げ下されたく候
申し上げたきことは山々なれども此《かく》の如くの次第ゆえ、あとよりくわしく申上候　惜
しき筆とめ　あらあらかしこ
寿衛より
旦那様へ
この手紙を追っかけるように、おその死亡の電報が東京から届き、富太郎は取るものも取り
あえず帰京することになった。

このとき、実家岸屋の財産と借金の均衡状態は、富太郎にもよくよく納得が行ったので、後のことはもう一切を猶と井上和之助に委せることに決め、猶と和之助の結婚も富太郎から一族の人々に披露し、諒解を求めた。富太郎は米十石の代金を二人から受け取って、後はいっさいのことを二人に任せて帰京することに、お互いに諒解したのであった。

破産した旧家の後始末というものは、後から後からと新しい借金が出て来るもので、決してその逆になるものではない。井上和之助と猶夫婦にももちろんそれはわかっていた。そのことを十分納得した上での二人の覚悟であったことを、富太郎も十分納得していたと思われる。この煩わしい世俗に塗《まみ》れた仕事は、岸屋の坊っちゃんであった彼の絶対に成し得ることでも、堪え得ることでもないことを、誰よりも富太郎自身がよく知っていた。

この岸屋破産の最後の一年間のことを、富太郎は後年、それも最晩年の八十歳をすぎた頃、自叙伝のなかに次のように書いている。遠い霞の中のことのようでもあったろうが、土佐での彼の生活が、東京での夫人の哀しい手紙とは、あまりにもちがうありさまであったことに、驚かないではいられない。

「郷里へ帰ると、或る日新聞社の記者に誘われて、高知の女子師範に始めて西洋音楽の教師として赴任して来た門奈九里という女の先生の唱歌の練習を聴きに行った。高知では当時西洋音楽というものが、極めて珍しかったのである。

私はこの音楽の練習を聴いていると、拍子の取り方からして間違っていることを感じ、これはいかん、ああいう間違った音楽を土佐の人に教えられては、土佐に間違った音楽が普及してしまうと思い、校長の村岡某にこの旨を進言した。校長は、私の言の如きには全く耳を傾けなかったので、私はその間違いを技術の上で示そうと思い立ち、高知音楽会なるものを組織した。この会には男女二、三十人の音楽愛好家が集った。会場は高知の本町にあった光森徳治という弁護士の家であった。そこにはピアノがあった。またオルガンを持ち込んだり、色々の音楽の譜を集めた。私はこの音楽会の先生になって、軍歌だろうが、小学唱歌集だろうが、中等唱歌集だろうが、大いに歌って気勢を挙げた。

ある時はお寺（註・高知市高野寺）を借りて音楽大会を催した。ピアノを持ち出し私がタクトを振って指揮をした。土佐で西洋音楽会が開かれたのは、これが開闢《かいびゃく》以来初めてであったので、大勢の人が好奇心にかられて参会した。

この間、私は高知市の延命軒という一流の宿屋に陣取っていたので大分散財した。かくて明治二十五年は高知で音楽のために狂奔しているうちに夢のように過ぎてしまった。（後略）」

遠い数十年の昔になった若い日のことであってみれば、富太郎にして見れば、正直のところ、こんな夢のような思いであったのも事実かも知れない。しかし、寿衛子夫人の明治の女性一般の変体仮名の多い読みとりにくい手紙と四苦八苦、格闘しているわたしにとって、富太郎のこの長閑な述懐にはずいぶん驚かされた。寿衛子はまだ産褥《さんじょく》の床にあって、二人の病気の子供を抱え、日も夜も泣きわめかれている。そんななかへも、借金取りは日歩の利息を取り立てに来ている。このようなとりこみの最中に、なにかお猶さんの方の縁者らしい青年が上京して来て、この悲惨な家庭の状況に何の手伝いも手助けもする気はないらしく毎日遊び暮している。田舎者らしくのほほんと遊び呆けている。悪気はないのだが、田舎の男の子なんてみんなそんな者であるが、都会育ちの寿衛子は呆れ果てている。

富太郎がまた高知で驚き呆れるような生活をしているのである。高知の町に滞在して西洋音楽というものに夢中になっている。富太郎のハイカラ趣味には洋服と西洋音楽があって少年の時から大枚の金を費している。しかしこの時の彼は、破産した岸屋の家産整理に帰郷中の身なのである。しかも延命軒という高知でも一流の有名な高級旅館に長い間宿泊しているのである。宿泊料だけ(食費別)でこのとき彼は八十円という大金を支払っている。

東京の留守宅では産褥にある妻が十円の借金の利息に詫言を繰り返しているというのに。東京では伯父のなけなしの金まで借金して来た富太郎は、高知で一番高価な旅館に宿をとり、名士気取りで西洋音楽の催に金を浪費しているのである。

富太郎自身、こう述懐している。

「随分凝ったもので、その頃の八十円があれば、後に大分研究費になったことであろうと考えると、中々無益な金と時間をつぶしたものである」

岸屋という大商家の一人息子として大切に育てられ、我が儘いっぱい、自己顕示欲の強烈さを抑制することなく育った彼は、破産の整理に帰りながら無駄な金を湯水のように使っていたわけである。

こういう自制心のなさは、牧野富太郎の生涯直らなかった悪癖のようである。

矢田部教授との確執の起りというのも、事実は富太郎の書いているところとは大分ちがっていて、もともとは、大学の教授たちの毎日教室で必要とする専門書を、富太郎が自分の下宿に何冊も借り出して持ってゆき、なかなか返して来ないので、必要に迫られた教授連が困り切って、とうとう大層立腹してしまったのであるという説が有力である。

これはもう実に有りそうなことで、富太郎は子供の時から本を手に入れるのに苦労したので、一度、自分の手に借り出した本はなかなか戻そうとしなかった。植物採集の旅先への寿衛子の手紙の中にもよく、誰々さんに貸した何という本は、本日確かに返して下さいました、と一つ一つ報告している。

生涯独学を貫いた彼は、書物と植物そのものが、唯一の師であった。だからもう書物は一頁一頁嘗めるように何回でも愛読した。それなればこそ、自分が買いたくても日本ではなかなか手に入らない専門書は、大学の教室から借り出すと、いつまでも自分の手許に置いておきたい。返さないと思っているのではなくて、どうにも返せないのである。もともと、本というもの、殊に専門書の原書は、いつでも手許にあってこその本の価値である。一枚の葉の付き方、花弁の数、その相違を発見しなければ、新種の発見はおぼつかない。富太郎が手許にいつも置きたがったように、教授連こそいつも手許に置いていなければならなかった。富太郎は矢田部教授が心の狭い意地悪な人物と決めているが、ことの起りはじつは彼の方がわがままでありすぎたのである。友人たちが彼に同情したのは、彼に別の面での人徳があったからであり、矢田部教授の方が他の面で人々に嫌われていたという偶然からであった。やがてそのことは問題が大きくなって、富太郎が佐川に破産整理に帰郷中に、矢田部教授は大学を辞職せざるを得ない境地に追い込まれるのである。

ある日、佐川の富太郎のもとへ、大学で彼を可愛がってくれている松村任三教授から、矢田部教授は事情あって大学を辞職したこと、またこの際お前を大学の助手として採用してやることになった。すぐ上京せよ、という手紙が届いた。

思いもかけない大変な吉報というべきであったが、富太郎の方は実家の財政整理がまだ全然出来ていないので佐川を離れるわけにはゆかない。

大変ありがたい話だが、近々上京するのでその話はそのときまで確保しておいて貰いたい、と返事を出した。

長女、おその死亡という不幸がそのあとに踵《きびす》を接して届いたのであった。富太郎はとにかく大急ぎで上京した。初めての子供のおそのを彼はおその、おそのと溺愛していた。彼女のことを話すとき、その後の彼はいつもつい落涙するのであった。とにかく彼は急いで上京した。

これが彼を育くんでくれた、土佐の佐川との長い別離になったのであった。

九、ユニークな牧野流研究者生活

矢田部良吉は秀才であったが、一方では非常に個性的な知識人でもあった。中浜万次郎や大鳥圭介《けいすけ》について英語を修め、コーネル大学に留学、一方新体詩も良くし、ローマ字普及運動にも活躍した。欧米主義者として有名な森有礼《ありのり》外務大臣のお伴をして外遊したこともあり、一層西欧崇拝者になった。鹿鳴館で貴婦人相手に社交ダンスの踊れる数少い日本男性の一人でもあった。自分が校長を兼任している高等女学校の教え子と結婚して、結婚とはすべからくかくあるべきだ、などと自讃するような文章を発表したりして話題にもなったり、彼をモデルにした挿絵入りの通俗小説が、四、五日間つづきものの読物として新聞に連載されたりもして、心ある人の顰蹙《ひんしゆく》を買った。

理由は色々あったのであろうが、ともかく運命は彼を大学の外に排斥し、牧野富太郎は大学の助手として迎え入れられた。

彼の月給は僅に十五円であった。現代でも知る人ぞ知る、有名な牧野富太郎の貧乏神に魅入《みい》られたような、大学の助手としての研究生活がこのとき（明治二十六年）から始った。

もちろん、彼自身にもこの安月給で一家が暮せるはずのないことは最初からわかっていたが、しかしいかに安月給とはいえ、研究生活のためにはどうしても東京大学の内部の人間とならなければならない必要があった。有形無形の研究の便がある。大学の標本や外国の文献が自由に見られ、利用できることは安い月給の三倍、あるいは五倍もの価値があった。

しかし、実際に十五円の月給で生活してみると、これはまたじつにきびしい生活であった。

次々と子供は生れてくる。とても貧乏とか、困難とか、言葉に表わすことの出来る貧窮ではなかった。

もともと助手というのは、大学を優秀な成績で卒業した学生で、家庭が裕福で、大学を出たからといってすぐ就職して収入を得なければならないという必要のない学生が、二、三年間毎日大学に通って研究生活を続け、やがてどこかの大学の助教授になって赴任するための、勉学時代にあてるはずの時間なのである。富太郎のようにすでに女房子供を抱えて、何の財産も持たない、他に全く収入のあてのない人間の進むべき道ではなかったのである。

そんな事情を富太郎が全く知らないはずはなかった。彼としてはこの大学をどうしても離れるわけにゆかない以上、その不足する生活費は、植物学についての自分のペンで稼ぎ出してゆく外はない。趣味的な随筆などを出来る限り勤勉に書いて、収入を補ってゆくつもりであった。事実、彼は勤勉に努力した。しかし、植物学のような一般的ではない、地味な分野では、そのようなエッセイの依頼など、非常に少いのである。第一にジャーナリズムそのものが、現在とは比べようもない貧弱な時代であった。

そのかわり、彼は植物の採集と、その標本づくりには誰よりも熱心に働いた。植物標本の種類の数の殖えるのは、彼のような貧しい学者にとっては、唯一貯金の殖える喜びであった。日光は戦場ヶ原という植物の宝庫を抱いて、大学の植物分園もあり、彼はじつに勤勉に出かけている。

昨日汽車便にてお送り遊され候荷物未だ着致さず候へども、着致し候へばさっそく手当致すべく候

去る五日に私より分園へ手紙差上《さしあげ》おき候へども着致し候やお伺い申上候

記本氏は未だ帰京致さず三、四日前に手紙参り候へども、手紙の様子では内田氏のお話の通り母病気と云うは少々わかりかね候　此度はじぶんがいろいろ労《つか》れが出てわるくとのこと申し参り候　私は未だ手紙は出さずに居ります、御前さま御帰りは何日頃に候や伺い上候　日々おせわしくは候へども御用お済みに相成候へばはやばやと御帰り待ち入候

今朝、牧野と云う人参り候（御前様の出立前にも一度来た人）またその人明朝あたり来てみると申して帰られ候先は右まで。　余は御帰京の上万々御話し申上べく候。御身御大切に遊さる様願い上候。

八月十二日　草々

すゑ

旦那様へ

去る十五日出の御手紙十六日夜たしかに相つき拝見致し候ところ、まづまづ御きげん

よく御滞在のよし、なによりうれしく安心致し候（中略）さてお申越しのこと承知いたし早速青木に相談致し候ところ、青木も五、六日前より家中病気にて少しも外へ出る事できず、内もよんどころなく、（中略）あなた様よりのお手紙のことはさだめし御旅の身にて金子なしでは御心細くとお察し申上、ようよう青木に来てもらい相談致し、来月末までの約束にて五円だけ只今借り受け候ところ、あいにく今日は休日の事にて御送金出来ず、十八日の朝早速御送金申上候間、御受取り下されたく候　御留守中へ藤井さんよりもまた植物園よりも手紙参り（中略）居《お》り候に付　何とぞ〳〵あまり日がおくれるといけませんから、御さい集すみ次第はやく御帰り下されたく待ち入候

御道中御身御大切に遊され、あまりむりなる山道などへ御登り遊さず御用心専一と存じ候。ただそれのみ御あんじ申上候。先は急ぎ要用まで申上候。

あらあらかしく

四月十七日　書く

すゑより

旦那様へ

これは千葉県安房国《あわのくに》安房郡天津《あまつ》町井筒屋方、牧野富太郎様御親展となっている。

富太郎けじつに勤勉に遠方へ採集の旅に出ているが、旅費を十分に持って出られないので途中で金が全くなくなり、身動き出来なくなって、夫人に送金を頼んでいる。留守宅にゆとりのあるわけもなく、また人に借金して送っている。

殆どすべての手紙が途中で旅費がつき、送金をたのむ手紙である。富太郎という人は楽天的な人でいつも僅かの旅費で旅に出ている。それでいて、結構どうにかいつの場合も都合がついてゆくのである。

寿衛子の手紙は数多く残っているが富太郎の手紙は殆ど残ってはいない。ただ一通、郷家の財政の整理がついた明治二十五年の故郷との袂別《べいべつ》の翌二十六年、彼は四国の採集旅行を命ぜられ、讃岐の多度津《たどつ》から山越えで土佐へはいり、吉野川の上流、土佐立川《たじかわ》村という山奥の村から出した非常に貴重な内容の一通が残っている。

これもまた、例の様に途中で旅費が尽きて立往生し、旅費の工面のつくのを待っている間に書いたもので富太郎の人間としての優しい真情がよく現れている。

(彼は旅費が尽きると、次の土地での講演の相談などして約束をとりつけ、講演の謝礼金を先に貰ってその金でよく旅をつづけている)

先日讃州《さんしゅう》の多度津よりハガキを出せし以後は今日まで手紙を出さず、今日まで肩書の所に滞在し居りたる故まだ高知へもよう出でず、明日は此所を出足して明後日に高知に達するなり。何故此処に居りしと云うに一は草木の採集の為、一は旅費が無くなった故、為替金を待つ為めなりし、此処は山中にて伊予より一つ山を越えたばかりの処なり　高知へはまだ十四里程もあり。

其後金を送らないもんだからこまって居るだろうと思う。先づ何よりミルクを買うにこまるならん高知へ出たら直ぐ送るから待って頂戴。またその時手紙も一緒に送るなり。山の中の淋しき処へ行くと尚更おその事が思ひ出されて日に幾度も泣いておるの。東京を出て一番（二字消えている　多分、思い、か）出づるものはおその事にて、もういつまでたってもおそのには逢われない（多分、と思うの三字消滅）と悲しくただおその顔が目先へチラック様で、もうもう実に涙が目（にあふれる―多分上の五文字消滅）事度々なり。おかよの事も思ふけれどおその事はいつも忘れる事出来ず、おかよはその後変りはないかへ、やはり色々の事を思う故ツイおかよが物を言うた夢を見たる事あり。次に思う事はおまへの行末の事なり。おまえは是までの様に常に人にばかり動かされたときは、とても行末苦労が断えないのみならず一生涯楽なことはないので常に心を苦しませねばならぬ。おまへのうまれつきとして人の口にのりやすきゆえ、人もまた色々な事を言うて来、お仕舞にはいつも自身に馬鹿を見て損をなし居れり。小生の留守中は決して他人に逢うてはイケナイ。又他人の言う事を聞いてはイケナイ。何処へも出ない様に小生の帰京を待っておいでよ。中村などが来ても決して逢ってはイケナイ。誰が甘く言うてもウッカリ其の口にのっては仕損じるから何処から何んと言って来ても決して取り合うてはイケナイ。さればわしが（ここから自分のことをわし、と書いている）呉れ〴〵言っておくの、決して忘れてはならない。又わしが留守だからと思って自分気ままに内を出たり、また人に逢ったりしてはいけない。おまへを取りまく処の人は皆決しておまへの為を思う人々でなくて、おまへをえば（註：えさ）にして自身の利を得んと思う人達なり。如何に口にては利口に言いくろめても、小生はよく之を見ぬき居れり。故にこれらの人々にあわぬが第一の要心なり。送金せし時もおまへが行かないで源六さんに取って来て貰うが宜《よろ》し、実におまへは今日の考へ次第によって一生の苦しみと楽しみとの二道に分るる処なり。子供らしき考へにてはとても行かぬ故、心をよく自身にくるべき時なり。おまへはただ人の口にのりさえしなければあやまち少しとわしは思ふ。此事をば決して忘れてはいけない。宜しいか、合点がいったかえ。おまへと先年いっしょになって根岸の里にて水入らずの住居をなし、それより三番町を引越してわしは帰国せし（数字消滅）なり。

今日通りし路にて帰国せしが、今より思へばホトンド五年の昔なり。その時と（数字消滅）とはどれほど違うか、その時はマダ一人も子供はなく（おまへはおそのをお腹へもち居りたれども）また色々のゴテゴテもなく、それよりわしが帰京してはじめて種々のごたごたを見、子供も二人まで設け（一人は死んだるれど）こんどは以前と変りて種々心の中にて心配しつつ以前の道にて帰国せり。わしはつら〳〵考へれば此心配の種は自身が悪しき事をなしたるが為に非ずして、大抵はおまへから起ったことなれば少しは寿チャンも察して呉れねば人の心はないと云うもの、まして妻と呼ばれたる身なれば夫の為また家の為少しくは考えがなくては叶わぬものなり。始終人に馬鹿な目にあって之を知らざるは余り馬鹿げた話と言うべし。かく言うはおまへの身を思うて言うなれば決してわるく取ってはいけない。おまへにあま口ばかり言う人は決して油断のできぬ人と知らねばならぬ。

高知へ着いたらまた手紙を上げる。寿チャンさむしいかへ。これも少しの心ぼうだわ、お香代をよく気をつけてやって頂だい。おまへも身持なればからだが大事だよ。源六さんへも、よしへも宜敷。わしもけんこうなれば安心ですよ。左様なら

大変貴重な珍しいうちとけた手紙である。

ここでは牧野富太郎は妻の若さとその性格のあどけなさなどに改めて思いを致し、とても一家をまかなう妻としては頼りなく幼いことに気づき、子供に言い聞かせるように世間の世渡りということについて、懇切に説き聞かせている。

佐川の生家の家産整理に一年以上もかかり、その間に自分は帰郷の目的とは縁もない西洋音

楽などに夢中で騒いでいた自分の狂態と、その間に幼な妻と幼児の東京の家庭は、近所となりの口さがない町女どもにめちゃくちゃにされていたことを、苦々しく思い出しているのである。今までは旅費の工面、送金など、妻ばかり宛にしていたことも反省したらしく、この頃では自分の努力で旅の途中でも金策をつけ、逆に困っている留守宅の方へ送金している。手紙の中で二、三字ずつ消えているところは、彼が留守中に死なせてしまった長女のおそのを想って、思わず落した涙で消えてしまったものであることがよくわかるのである。

寿衛子は生来大変気のいい女性であったらしいことが、当時の学生たちの思い出話でよくわかるのである。家に出入りする学生たちにもすべて愛想よく、食事どきになるとごはん食べていらっしゃいとすすめ、それがいささか執拗なものに感じられる。いえ、下宿がついそこですから帰りますというのをむりに引止めて食事させる、というふうであった。

あんなに貧乏なんだから、奥さんがもう少し考え深かったら、先生も少しは生活が楽になったろうに、と考える学生も少くなかった。

無頓着な学生たちの眼にさえ、少々呆れるほど富太郎は凄まじい暮しをしていて、彼の銀の懐中時計などは、彼の身についていることは殆どなくて、大方は質屋の蔵の中に行っていた。

「あ、君、例のこれ、頼むよ」

富太郎がいうと、「はい」と気軽く答えて、時計を受取って出てゆく、もうとても学生ではない、紳士と言ってもいい人がいた。学生たちのなかから、

「あの人は、どういう人ですか」

と訊く者もあった。

「え？　あの人をきみ知らないのか、早稲田の植物学の教授でSさんという、無類の好人物だよ」

「え、早稲田のS教授なら知っていますが、あの人がどうして質屋へなんか行くんですか」

学生はびっくりしていた。

「いや、あの人でなくっちゃ駄目なんだ。あの因業《いんごう》な質屋の親父も、Sさんに来られると何の文句もなしに金を出すんだよ、こちらの欲しい分だけは必ず、ね」

富太郎のいわば人徳を計る人物でもあった。そのような弟子たちが、危い縄渡りのような牧野家の生活を皆で支え合っているのであった。

子供は殆ど年子のように増えてゆくのに、助手としての月給十五円はなかなか上ることはないのである。

それは全く、周りの者が見兼ねるような貧しい暮しであった。本人は泰然としていても、周りの者は見ていられない。

法科の教授土方寧《ひじかたやすし》は、富太郎と同郷出身であった。彼は大学総長の浜尾新《あらた》に富太郎の窮状を話し、「日本植物志図篇」の出来栄えをも見せて、これだけの仕事の出来る牧野を、月給十五円で圧殺するような現在の状況をくわしく話して頼んだ。

浜尾総長は牧野の仕事の価値を認め、

「そんなに牧野が窮迫しているのなら、これだけの仕事は彼一人の力には無理だろう、むしろ新しく大学で植物志を出版することに計画を変えて、牧野に月給を上げてやることにしたらいいだろうと思う」と言ってくれた。

浜尾総長は、東京大学の庭にあの銀杏の並木道を造った人で、植物好きであった。

いままでの助手ではなく新しい大学の仕事をすることになれば大学の待遇も変り、月給十五円の助手とはちがうわけで、身辺の借金も整理しておく必要があると土方たち周囲の者は心配し、田中光顕伯や友人達も相談して奔走し、同郷土佐の安芸《あき》出身で、西南戦争では政府に船舶を貸して大富豪となった岩崎彌太郎の三菱財閥にはかって、牧野の二千円という借金をさっぱりと肩代りして片づけて貰うことになった。当時の金二千円が現在どれほどの金額に当るか、わたしにはわからないが、それにしても思い切った好意である。

矢田部良吉教授も一度《ひとたび》は夢見ていながら、やはり一冊で止むほかなかった「大日本植物志」である。それを牧野にやらせよう。一番ふさわしい男だ。その費用は大学紀要から出すことにしよう、と浜尾総長は考えてくれた。

植物学者の誰でも一番やり甲斐ある仕事であった。感激して牧野は全力を注いだ。

さすがに立派な出来栄えであった。年齢的に最も力に充ちている時期であった。「大日本植物志」は、牧野富太郎の持つ学者としての力を完全に出し尽したとも評価できる出来栄えを見せた。余人の文句のつけようもない仕上りで一九〇〇（明治三十三）年二月に第一巻第一集が発刊された。「ヤマザクラ」と「アヅマシロカネソウ」とが掲載された。

誰もがまず驚くのは、図版の正確で緻密な全形や解剖図であった。その細い線描の芸術品のような端正さ。図版の線描の何人にも真似の出来ない正確さは、彼の天成《てんせい》恵まれた手腕というほかはない。誰でも、高知市五台山の牧野植物園に残っているその図志を見ては、息を呑んで思わず見入ってしまう。百年近くを経たそれらの図録の生き生きと息づいている見事さには誰も何も言えないと思う。

五台山にある、彼がまだ若い日に描いた百合の絵など見ていると、百合の花の魂にこちらの心が魅入られてしまうような不思議な心持になってくる。花弁の雄蕋《ゆうずい》や雌蕋《しずい》の一本一本の線が、特別製の蒔絵筆《まきえ》によって描かれ、その一本一本に生命が宿っていると思われるのである。

絵はいつもいつも描いていないと腕がにぶる、と彼は言い、夜中の二時、三時にも時を忘れて図を描きつづけた。製版所の仕事にもよく通じていて、活版、石版の仕事すべて自ら指図した。サクユリ、チャルメルソウ、セイシカ、ボウラン、ヒガンバナ。

第四集は「ホテイラン」。これを彩色するときは「ウィンザー・ニュートン」社の絵の具でなければならなかった。殊にも彼が凝ったのは照葉樹のダークグリーンで、葉が活けるように描けなければ駄目だと言って肯《き》かなかった。第四集の「モクレイシ」「オオヤマザクラ」そして「ホテイラン」などは、富太郎は必死の思いで描いた。

その「ホテイラン」の図を見て、蘭科植物の専門家であるシュレヒテルは、あ、これは、と思わず口走った。ヨーロッパの「ホテイラン」とは別種のものであることをすぐ気付かせたほど精巧無比なものであった、と言われる。

このように価値ある「大日本植物志」も、価値は認められながらも結局中止しないわけにはゆかなかった。植物学畑の学者たちはその中止を惜しむよりも冷ややかに眺めていた。と、彼は書いている。しかし牧野がいかなる富豪であったとしても、結局彼のようなやり方では、中止せざるを得なくなったにちがいない。彼は独力でそれをやり遂げようとして中止せざるを得なくなった。彼はずいぶん辛らく情なかったにちがいない。しかしその間にも『新撰日本植物図説』をつくり、その翌々年には更に、『日本禾本莎草《かほんしやそう》植物図譜』を刊行し、さらに次々と植物誌の本を刊行しつづけた。それは彼が植物のことを書かないではいられない人間だったからである。

牧野のやり方はあまりにひどい。まるで私に喧嘩を売っているとしか思われないではないか、と松村教授は憤慨した。かつての矢田部教授の位置に、今度は松村教授が立ったかのように、事々に松村教授は牧野を批難した。しかし牧野の方も一所懸命であった。仕事をしなくては、生活が出来ないのであった。自分は松村教授の弟子ではない、という意地も彼にはあった。浜尾総長の心配りにも拘らず、助手はたくさんいるのだから、牧野だけを別扱いすることは許されない、と他の教授たちの反対で、牧野富太郎の期待した月給は特別に上げられることはなかった。

しかしまた彼の貧乏のやり方も常人には理解しがたいところがあった。丸善書店への支払が毎月月給を越えていることを知っていて、彼は尚、外国製の高価な絵の具を買うことはやめないし、欲しいとなれば洒落た洋服を新調もする。汽車も三等しか乗れない奴、などと辱しめられると意地になって一等に乗ったし、芸妓に帯を一本ぽんと買ってやったりもする。子供っぽいほど負け嫌いで、それらのすべてが高利貸の高い利息のつく借金でまかなわれてゆくのである。このような暮し方では、一度は岩崎の三菱できれいに支払ってもらった借金が数年のうちに、たちまち前以上に尨大な金額になってゆくのも当然であった。

富太郎が再び借金まみれになってゆくのを松村任三教授は小気味よげに眺めていた。いずれは遠からず、牧野は大学を追い出されてゆくであろう、と思っていたであろう。

しかし、このように常人放れしている牧野富太郎を何とはなしに好もしいと思う人も一方にはいるのである。例えば帝国大学の理科大学長、箕作佳吉《みつくりかきち》である。彼は菊池大麓《だいろく》の弟で歴史学者、箕作元八《げんぱち》の兄でもある。アメリカのエール大学や、ジョンズ・ホプキンス大学で動物学を専攻した。さらにイギリスに渡りケンブリッジでバルフォアについて学んだ人で、日本動物学会長にもなった。牧野の実力を理解し、その貧しさに深い同情を持ってくれた。学界においては、富太郎の一番の理解者でもあった。彼の実力を認め、その不運に同情していた。

松村任三の憎悪からも彼を守ってくれていつも彼の味方であった。その点だけは彼は安心していられた。ところが、一九〇九年、突然にこの学長が亡くなられた。しかも、そのあとには、植物学教室の事情に全く通じていない桜井錠二が新しい学長になった。松村任三は時が来たと思った。この機を逸することなく牧野を植物学教室から追放しよう、と働きかけた。

しかし、天はこのような才子の小慧《こざか》しい働きをよしとはしないらしく、富太郎は自分の思うままに行動していても、私心のなさが誰にも何となく通じるものがあって、このような場合、やはり彼の側に立って働く者が出てくるのであった。牧野を大学から放逐しようとする松村教授の策略は、今度も矢田部教授の場合と同様に成功しなかった。

植物学教室の主だった人々、服部広太郎、池野成一郎、矢部吉禎《よしさだ》などという人々が立ち上って学長の桜井錠二と直に話し合ってくれた。初めて事情のわかった学長は、一九一二年の一月、改めて牧野を理科大学の講師として採用し、俸給も三十五円に引上げてくれたのである。子供のような天真爛漫《らんまん》さのある富太郎はこのようにして救われることがたびたびであった。彼の運の強さというよりも、そのナイーヴな人柄がそのまま彼を救うのであったと思われる。

松村任三は片意地に牧野を憎み、ずっと後に彼が停年で大学を去らなければならなくなったときも、自分がどうしても辞めなければならないのなら、牧野をまず辞めさせてから辞める、と外部の新聞記者などにも息まいている。しかし、そんな事は出来なかった。

牧野富太郎は講師で一年契約であるから停年というものはなく、彼は一九三九年、昭和十四年まで東京帝国大学植物学教室の講師を勤めた。

松村任三は小石川の東京帝国大学附属小石川植物園の園長であった。ともすれば牧野は園長である松村を避けがちであった。このことを牧野の怠勤として免職できると松村任三は考えていたが、彼の私怨《しえん》は大学では通らなかった。また、牧野が借金まみれであるという理由だけでもまた、彼を免職には出来なかったのである。人生というものは、じつに奇妙に面白く出来ているものだな、とわたしはこの二人の関係を眺めてつくづく思う。

牧野富太郎の強さは、いくら借金が大きくなってもそれに圧し潰されることのない人間の出来の強靭さであった。それはいくら貧しくても、金がなくても、吝《しみ》ったれたことは絶対にしない、という彼の意地と表裏になっている一種のお洒落っ気であった。

他の人間なら大概借金の重圧に潰れこみそうな時、彼はその中で堂々と研究し、論文を書いていられた。標本の貯蔵のため大きな家が必要だと言い、いつも間数の多い家を借り、ときには女中を二人やとったりもした。

不断の生活はつましいもので、漬物と味噌汁でもよかったが、牛肉が大好物で、学生たちとの採集旅行の帰途には、五、六人もつれて牛めし屋へはいったりもする。我慢して貧乏暮しをしている感じを人にあたえない。

先生、金持ってるのかなあ、と心配したけど、そういうときはちゃんと持っているんです、などと話すかつての教え子が数年前までは居たりもした。

「毎年々末が大変でしたよ、家賃溜めるものだから大家に追い出され、家財道具を大八車に積みこんで、学生たちが挽《ひ》く者、押す者、協力し合って本郷界隈を貸家探しです。先生の気に入る大きな家というのはなかなかなくて、あっても家賃が高くて折り合わない。しかしあの頃は みんな若かったし、貸家は次々とあって、どうにかこうにか、先生も落着いたものです」

その間も富太郎は勤勉に本を書いているが、結局のところ、どうにもこうにもならない時が来た。「大日本植物志」はこのような中で無理に無理を重ねて刊して来たのであった。しかし松村教授の悪意は増すばかりで、「牧野の文章は締りがなくて牛の小便のようにだらだらとしている」とか、必ずケチをつけるという風であった。

生活の苦しさと、松村教授の執拗ないやがらせなど、富太郎はこの頃急に気持が棄鉢《すてばち》になって、第四冊の刊行のところでこの仕事をとうとう投げ出してしまった。我慢づよくて自信家の牧野富太郎が初めて自棄《やけ》を切った。これはほんとうに残念なことであった。

この四冊は世界の植物学界に出しても、日本の名を高めこそすれ、恥ずかしい仕事では決してなかった。彼もさすがにこの中断はいつも悔いていた。あの若さでこそ出来た仕事であった、と思ったにちがいない。

大正五年頃、彼は殆ど絶体絶命の状態になって、最後の手段に、永年貯えて来た植物標本を思い切って手放す決心をした。標本は彼にとって自身の身体を切って売るような貴重なものであったから、出来るだけ高価に売らなければならない。それには外国に売るより仕方がない、と考えるのであった。

牧野富太郎は決して金銭にルーズであったわけではない。費《つか》い方が他人とは一風も二風も異っていただけのことである。そのような使い方が「牧野流研究者生活」であった。必要な金はたとえ高利貸の金でも借りて費わなければならなかったのだ。彼流の生活には、当時の金で一ヶ月百円くらいの金額がどうしても必要であった。しかし、実収入としては、講師報酬としての三十五円しか、収入はない。

牧野富太郎は植物学者として月収百円に価しなかったか、と言えば、わたしは立派に価した、いやそれ以上に価したであろうと思う。

富太郎は金銭の扱い方に一風変った癖があった。しかし浪費家というタイプではなかった。日常生活もつましいものであった。要約的なものではあるが、彼が家計の収支を毎月必ず記している几帳面さでもよくわかる。

参考までに左に明治三十年七月の収入と支出を、彼が控えてあったものから写してみる。

明治三十年七月分家計要略

○収入部

一金　四円七十銭九厘　前月繰越高

一金　十九円八十銭　本月俸給

一金　　三銭　　紙屑代
合計金弐拾四円五十三銭九厘
○支出部
三円八十銭　　家賃（此月分家賃三十銭上ル）
四円五十銭　　米代
二十四銭　　魚代
十五銭　　烟草
十八銭　　髪結
八十二銭　　乗車
七十六銭　　新聞
八十銭　　寿衛単衣《ひとえ》物代
一円十六銭　　雑費
合計　十九円三十三銭
差引金五円弐十銭九厘（八月へ廻す）
支出の合計が合わないのは、主要な支出項目だけだからだろう。
それはともかく牧野は、この月は珍しくも寿衛子に単衣ものの不断着を一枚買っている。我慢も切羽つまったのであろう。

助手になって五年経ち、月給は五円あがっている。特別に家族の病気などのない限り、なんとかやっていけるという状態であった。それでも米代の五円を三円入れて後は来月に廻して貰ったりしている。一旦病人が出たり採取旅行となると、忽ち借金をしなければ動けない。帳簿には別に質屋との取引があり、それとはまた別に次のようなものもある。

十三円六十銭

二十八円四十八銭

〆、四十二円八銭

（上は丸善書店へ注文して明治廿四年七月に着荷せしをそのままになし置きある書籍代）

寿衛子は、明治二十六年の四国採集旅行の途上、立川村から送ってよこした夫の懇々と覚した長文の手紙での処世教育が、ずいぶんと心の底まで響いたと見え、こんなわがままな非凡人の哲学を生きる夫のよき妻、よき同志として生涯を捧げる覚悟を持ったらしく、じつに模範的なよき妻になって仕えている。

どんな場合も彼女は愚痴に類することは一言も書いていない。二十歳のころはもう字も上手になって美しい達筆の手紙を書いているし、愚劣なことは一行も書いていない。見事な成長ぶりである。

わたしのところは放蕩息子を一人抱えておるようなものですから、と笑って話したといわれているが、富太郎の方もまた妻のことをいつも自慢にしている。

「週刊朝日」が徳川夢声の「問答有用」の連載をしたとき、第六回目のゲストは牧野富太郎であった。

牧野 無情なもんで、金を貸してくれというてもちっとも貸してくれん。しようがないから高利貸から借りる。だいぶ高利貸にせめられて、差押えも何度も食いましたよ、競売にもあったし……。

夢声 差押えるものはあったんですか。

牧野 ガラクタですけれどね、いろいろなものを押さえられました。

夢声 高利貸というものはけしからんものではあるが、一面大いに恩恵をこうむられたわけですな。

牧野 そうですね。おかげで助かったということもあるわけです。高利貸が取立てに来てる時、うちの外へ家内が赤旗を立てておく。わたしが大学から帰って来て赤旗が出ておると、わたしアうちへ入らないんです。

夢声 赤の危険信号ですね。（笑）

牧野 困った時に家内はひどい苦労しましてね、着物なんぞも、つぎはぎしたもの着ておったというほど苦しんだ。お産をして三日目に借金の言訳に出ていったり……そういうことが随分あります。ところがこの家内がね、わたしがいうとおかしいけれども、人と応待するのがおっそろしく上手なんです。高利貸やなんか怒ってやってくるでしょう。ちゃんとしまいまで聞いておりましてね、それから言訳を工合よくやって、しまいには「まことにこれは相済みません」というて高利貸が笑い顔して帰りおりました。
この時わたしはこう思った。こんな貧乏なヤクザなところへ来たからいかんけれども、どこか大きな会社の主人のようなそんなところへあれが行っとったら、もっと役に立ったろうと思いましたよ。

因《ちな》みにこの対談の冒頭に、わたしがこの作品の最初に書いた「再生」の話がとり上げられている。夢声にも不思議な話として記憶されていたのだと思う。
夢声　一昨年でしたか、先生が〝御臨終〟になられた、というようなことを伺って、びっくりしたことがあるんですが、あれはどこがお悪かったんでござんすか。
牧野　病気はべつに珍しい病気じゃなくって、急性の大腸カタルでした。ふだん健康でしてね。その前の晩まではなんともなかった。夜なかの三時ごろまで植物の図を描いてやすんだ翌朝、体が立たない。たちまち意識を失いましてね、それから十日あまりは意識なしでした。うちの者など大騒ぎして看護してくれたそうです。
夢声　それで末期の水を飲まされたというのは、覚えていらっしゃいますか。
牧野　あれは覚えていないんです。死んだも同然でしたからね。病気中ちょっと目が覚めたようなことがあって、何かいうたこともあったらしいが、自分じゃちっとも覚えてません。回虫が口の方へ一匹出て来たのを嚙《か》んで〝どうも、これはうまくない〟というたそうです。（笑）

この年、牧野は満八十九歳の誕生日を迎えているが、毎晩夜中の二時、三時ごろまで仕事をして、眼は弱ったと思うものの、まだ四十二歳くらいの人に同じだ、といい、人間はいつも若々しい心持でいなければ駄目だ、と言っている。

夢声　奥さんがお亡くなりになったのは？

牧野　大正三年だったかな。

（「昭和、ですよ」と傍の愛嬢鶴代さんに注意されて）そうだ、昭和三年だ。（笑）

夢声　大正、昭和を超越しましたね。（笑）

牧野　家内は京都系なんです。ちょっと芸者型でしたよ、（笑）母親は京都で父親は彦根《ひこね》藩士でしたがね、娘時代には家にだいぶ金があったもんですからね。踊りを習ったりなんかしてたらしい。その時分の住居は飯田町にあって、のちの皇典講究所になった家です。飯田町六丁目の通りから堀端までつづいた大きな建物でした。

（中略）

牧野　のちにうちが金がなくなりましてね、非常に困ったらしい。それからさき、一つのロマンスがあるわけです。（笑）

と自分たちの結婚、寿衛子を見染めたおのろけを話している。

この時にも彼は、自分の妻になった女性の家にまつわる運命について、ちらと何かを考えなかったはずはない。戸籍の問題についてさんざん嘗めた苦労を、心の中では思っていたはずである。しかし何事も触れてはいない。

この対談で「何をやってもおもしろくて疲れるということがない」と語っていた富太郎であったが、借金という敵との戦いにはしばしば敗北しそうな瀬戸際まで押しやられた。夢声は、差し押さえられるものがあったのですかとまで、失礼な、と聞きようでは思れる質問をしているが、高知県の牧野文庫には左のような「告示書」なるものも残っている。

告示書

一、銘仙女羽織

一、黒繻子《しゆす》丸帯

一、瓦斯《ガス》女単衣

一、仝《どう》袷《あわせ》

一、黒七子女羽織

一、一末女小袖

一、腹合女帯

一、ブック

一、花瓶

一、以上

前書ノ物件ハ債権者山内佳三郎ヨリ債務者牧野スヱニ係ル強制執行請求事件ニ付キ明治四十二年七月一日本職ニ於テ　差押ヲ為シ債務者牧野スヱニ保管セシメタルモノナリ

右告示ス

明治四十二年七月一日

東京区裁判所

執達吏　白石邦彦

代り　武井

これでみると大部分寿衛子の衣類（結婚前からの所有品）ばかりのように思われ、富太郎の所有と思われるのは最後の二品だけである。もっとも債務者が寿衛子で富太郎ではない。大正の初めから中頃にかけて彼の借金は三万円という尨大な額になっていた。当時は一万円を銀行に定期預金にしておけば、その利息で小家族なら生活できると言われていた。さすがの彼ももう二度と他人の好意にすがる気持にはなれなかった。自力で解決しなければと考えた。それには唯一の財産である標本を売るほかはなかった。じつはそれまでにも切羽つまったときや、また先方の意向に動かしがたい熱意を感じたときなど、標本を金銭に代えていたことはある。

そのあたりの事情を示す富太郎自筆のこんなメモが残されている。

負債ノ額

昨明治廿八年五月ノ時ノ状況左の如シ

一金百円　二ヶ月間二割五分の利子手数　後藤佐一郎

一金三十円　仝上　山崎武兵衛

一金三十円　二ヶ月一割六分の〔手数／利息〕　寺田権右ヱ門

一金三十五円　二ヶ月二割五分　尾形兵之助

一金三十五円　二ヶ月三割　鈴井宗三郎

一金百円　二ヶ月二割　冨本輝一

一金三十五円　一ヶ月五分の利　田村庄三郎

一金十円　二ヶ月三割　大高

右は高利の金

一金三十五円　利ナシ　松田
一金五十円　正規の利　菱谷
其故後に所有の植物標品を売却せしもの左の如シ
一金十五円　三百種　仙台高等学校
一金十五円　三百種　青山英和学校
一金二十四円　三百種　金沢高等学校
一金四十円　五百種　高知師範学校
（一種八銭と記入がある）
また大切にしていた書籍さえ借金を払うために手放している。
また書籍を売却せしもの左の如し
一金五十五円　フッカー氏英領印度《インド》植物書六冊　高知師範学校へ
一金七十五円　ベンタム、フッカー両氏植物書三冊　博物館へ
一金三十円　富山侯編纂植物図八十冊植物園へ
一金十円　ヂャバ島果実書一冊　植物園へ
一金二十円　フロラ、ホルトルム十三冊　植物園へ
一金五円　英国菌学書并《ならび》ニ英国園芸雑誌五冊　松平氏へ

一金十五円　ヂョンストン氏英国海藻書四冊　岡村氏へ

右のように日本国内で学校や博物館や植物園、友人、同好の人などに標本を金に替えるために売渡したことはあるが、今回はそんな事では済まない大金が必要であった。

そのためには自分の標本を根こそぎ渡しても足りないであろう。ましてその買手も日本の中では見つかる筈がない。どうしてもその価値を十分知っている外国が相手になるであろう。自分が命の次のものと思い作り溜めて来た植物の標本が外国人学者の手に渡ってしまうのかと考えると、涙が湧いてくるほど切なかった。

彼は毎日そのことを考えていた。親友にも相談出来ない。話せば誰かに迷惑をかけることになる。自分一人で決行する外はない。

悩みぬいているある日、自分にも思いがけなく、教室に出入りしている新聞記者で、農学士でもある渡辺忠吾にふと洩らしてしまった。われにもあるまじきことだと悔いたが後の祭りである。

「自分で覚悟して作った借金でしょう。それなら世間にも公表して、これ以外に方法のない窮境を明かにして、世間の同意を得てから売るべきですよ。先生一人のものではない日本の財産のはずですからね」

と言われた。彼の主張に負けて、牧野もそれを承知する外はなかった。

こうして彼の困窮ぶりは、「東京朝日新聞」の紙上に公表されてしまった。長谷川如是閑《にょぜかん》がこれを「大阪朝日新聞」にも発表した。しかしそのお蔭で日本植物学界の宝でもある牧野富太郎の標本は、外国へなど売らせない、という義侠心《ぎきょうしん》が日本人の中に湧いて来た。

十、同志としての妻と生涯の友情と

貧しい日本の植物学者を援けたいという人物が、このとき日本に二人現れた。一人は後に満州重工業という陸軍協力機関を起すことになる鮎川義介《あいかわよしすけ》の義弟である政治家の久原《くはら》房之助で、もう一人は池長孟《はじめ》という青年学徒であった。

朝日新聞社は牧野富太郎のために、候補者の二人について十分に調査し、陸軍のことはともかく、大政党という組織に縛られていて将来自由の利かない事情の発生する恐れのある久原房之助の金よりも、父の遺産を受けついだ多額納税者の池長孟の金の方が、自由で無色だろうから、この方を選ぼうと結論した。こうして当時まだ京都帝国大学法学部学生であった池長孟が、父の遺産の中から三万円を出して、牧野の標本を買い取ることになった。

池長学生はこのとき考えた。前回の三菱の場合を考えても唯借金を払う金を出して事が治ったと思っては前回の繰返しにすぎない。要は牧野の日常生活の立ち行く方法を、とにかく生活費の不足を補う収入源を考えなくてはならない。

標本も牧野が植物学者として日常必要なものなので、買取りも名目だけで受け取ろうとしなかったが、牧野の方はこんなところに田舎の人間の律儀さをどうしても捨て切れない。あるいは今回の金はあくまでも取引であることをはっきりしておきたかったのかも知れない。池長青年は標本を受け取らざるを得なかった。

神戸市には池長会館と呼ぶ、池長青年の亡父の建設した建物があった。これを「池長植物研究所」として牧野富太郎に毎月研究費を送る代りに、月一回この研究所に出張講演して貰うことにした。

この講演では牧野は啓蒙《けいもう》的な植物の話をし、関西での植物の採集会を盛んに催して、関西植物愛好者の会をつくらせるきっかけともなった。

関西に行く度に、西村旅館の主人、西村貫一は、いつも一番いい部屋に彼を迎え、神戸牛の料理を出すことにしてくれた。西村貫一はまた牧野の好みに合った洋服生地もよく見立てて贈った。

神戸という日本に珍しく外国人好みのハイカラな町と特上の神戸牛という美味に恵まれて、牧野富太郎は思いがけぬ好運を神戸で拾った。すべては彼の気に入ったのである。

横浜や東京にはずっと早く明治の終り頃に、もう牧野の主宰する植物採集の会が出来ていた。「横浜植物会」では、原虎之助、岡太郎、笠間忠一郎、松野重太郎、他にも数人の熱心な会員がいて、皆が楽しみにして集った。

「東京植物同好会」は、世話人の田中常吉の肝入りで、月一回の採集会を開き、朝比奈泰彦、恩田経介《きょうすけ》、木村有香《ありか》、木村康一、向坂道治《さきさかみちじ》、田中茂穂《しげほ》等のように、生涯にわたって緊密に牧野富太郎と学問的に生活的にもつき合った人々も多かった。阪神植物同好会というのも生れた。

四国にはまた、富太郎のためならばどんな面倒も厭《いと》わず、珍しいと思う植物を採集しては、鉄道便しかなかった当時、煩労《はんろう》をいとわず絶えず送ってくれる青年が何人もいた。富太郎の方もまた、相手の煩労を思いやるどころか、よくもここまで甘えられたものだと驚くほどに煩瑣《はんさ》な頼みごとを、しかも大至急送ってくれとか、何の植物の実の（絵入りで）このように先の分れているものを至急見つけて送ってくれとか、全くもう、よくもこれだけわがままな注文が出来たものだと、驚くような手紙を出している。

当時の高知の青年で、牧野のそういう要求の手紙と、その礼状ばかり集めて後年、一冊の本を出版している人もいる。

牧野富太郎は危機のたびに真心のある人々に救われ、それらの人々にわがままいっぱいの要求さえしながら、しかも誰よりも大切にされてゆく。

大正五年の大層切実であった苦境も、このようにして救出されて見ると、前よりもずっと広範囲の人々の友情の環に恵まれて、彼と植物との生活はいっそう緊密に結ばれてゆくことになった。自分のいっさいを愛する植物にささげて行った牧野富太郎の人間としての真情が、植物の心にも通じていった結果だとわたしは思う。苦労はしているが、牧野ほど植物そのものに愛された人間は他にはなかなか見つけられない。

少々後戻りになるが明治三十四年八月四日（消印八月五日）日光採集旅行先へ宛てた寿衛子の手紙がある。

只今御手紙着、今日は御帰京の事と存じ、御待ち申上げ子供も皆々よろこび居り候と
ころ御帰りなきゆえ、みなみな今床につき候

御前様には御機嫌よくとの御事《おんこと》何より安心致し候　御留守元は無事ゆえ御安心下され度候

明日は延世の寺参りにみな〳〵にて参り候　また御申越には五百城《いおき》様より御家内様には御親切に御なし下され候よしかげながらうれしく存じ候　御礼書さし上度お前様この手紙ごらん下されよろしく候へば御家内へ御あげ下され度候　猶また御前様よりもよろしく申下されたく候　またまた三好氏よりはがき参りよほど御急ぎの御様子ゆえあまりまた三好氏の心持悪くせぬ様に御なしおき下されたく候

私より返事三好氏へ出しおき四日か五日には帰宅と申しおき候間また七日か八日と申すと、何やら嘘でも申す様できまり悪く候間、

御前様も御用多くには候へども此手紙着次第、三好氏へ御手紙お出し下されたく候くれ〴〵も御願い致し候　今日久米安政氏参り筆を持参り御前様の御留守を残念に申し候　本人は来る七日ごろに帰京するよしなり　先日御送りのおしばは朝夕に紙をかえ居り候が紙が足りなくて困り候　先日までは天気の都合もよろしく候へども、この両三日雨天にて困り候　なるべく早く御帰宅遊ばされたく候　先は右まで御帰り待入り候　あら〳〵

八月四日夜　　寿衛より

書そへ申上候　三好氏へは御手紙お出し下されたく候、南部氏たびたびお参り候

下野国日光町萩垣面《はんがきめん》　五百城様方

牧野富太郎様　　親展

大変急いで書かれたもののようだが、寿衛子の人柄の良さがよく出ている手紙である。三好氏というのは、後述するように同学の友人であり、また、末尾にある「南部氏たびたびお参り候」の南部氏は借金をしている人のようである。やり甲斐のある仕事は浜尾新という学長のおかげで出来たが、待遇そのものは学歴のなさが差し支えて、少しもよくならなかったので、経済的な苦しみは相変らずつづいていて、遂に今回の新聞発表によって、ようやく救われるという事態に至った、一番苦しい最中の手紙である。

尚この手紙中の「明日は延世の寺参りにみな〳〵にて参り候」とある延世というのは、戸籍には載っていない子供で、長男であった。明治三十三年九月に急性胃腸カタルのため四歳四か月で夭逝《ようせい》している。

当時は戸籍についての考え方が、いくらか鷹揚《おうよう》だったのだろう。結婚後の戸籍は、事情あって寿衛子の籍が、明治三十七年九月七日までどうしても入籍出来ず、次々と生れる子供たちは寿衛子の父方、滋賀県彦根在の彼女の従兄にあたる人の戸籍の中に、付籍者として記入されて

いた。明治三十七年九月七日までに生れて幼くて亡くなった子供たちは、戸籍が新しく作られ、富太郎の子供として記入されるときは戸籍法によって抹殺されていた。

九日出の御手紙着拝見致し候ところ先づ先づ御気嫌よくとの御事ゆえ安心致し候 次に御留守元一同無事ゆえ御安心遊ばさるべく候 御申越の築地行きの原稿の郵便を御前様御出立前日に出した様に思はれまた(はる)の申すにもこよりのつきし郵便を出したと申し候 猶また只今机の上また、外をも探し候へども見あたり申さず候 多分出した事と存じ居り候 またおしば一包御送り着致しさっそく手あて致し候 また第一回の分も二回の分も皆々かわき候ゆえ御申越しの通りにその残りをつかい居り候 だんだん御帰京もおそく相成皆々まだか、まだかとたづねに参り、昨日も草野氏御出に相成り少々はなし度事《たき》も是ある様御申しなされ候 三好氏よりはたびたびはがき参り候 只今も(金こう堂の番とう)参り候 又矢部氏も只今参り候 今度は二、三日の内に御帰り遊され候や 一度御帰り遊ばされ度、又々かさねて御出になる共いっぺん御帰宅の様御なし遊され候 子供も毎日待ち兼ねおり、(つるよの申すにはかあちゃんが父ちゃんをイジメルカラ帰らぬなど申し居り候)

御帰京の当日には電信を下さる様御申越ゆえ皆々たのしみ待入り候 先は右まで余は御帰京のせつ万々申上候 草々

九月十日　　　　　　すへより

旦那様

これも日光町萩垣面の五百城様方宛になっている。富太郎が「大日本植物志」のためにいかに精力的に働いているかがよくわかる。留守宅へたびたびはがきをよこしている前述の三好氏というのは明治三十九年、牧野四十四歳のとき、『日本高山植物図譜』上巻を成美堂書店から刊している共著者で親友である。下巻も翌々年刊行している。寿衛子の良き内助の姿も見えるようである。

それらとは別に、明治三十八年八月五日の日光滞在中の牧野のもとに、寿衛子から出しているる手紙も残っているが、その文面を見ると交友関係にもいろいろの事情があって、夫婦ともども色々と心を砕いているさまが思いやられる。いずこも同じ秋の暮という学者たちの貧しい生活の如実に察せられる手紙になっている。

この年日本は国運をかけた大国ロシアとの戦争にようやく勝利を得、八月十日にはアメリカ合衆国のポーツマスで日露講和会議が開始されたという騒然たる時である筈なのであるが、牧野家では明けても暮ても、植物、植物で、お天気ばかりを心配している。

しかし、好運にもこれが勝戦《かちいくさ》に終ったことは牧野一家にとっても、大変な仕合せであった。もしもこれが逆であったら、日本全体が目もあてられない悲劇であった。

十一、「植物研究雑誌」にかけた思い

牧野富太郎は自分の成し遂げた仕事業績をも、無邪気に自ら評価する。多分生前聞かされたとしてもそうであったろうが、書いてあるのを読んでも決して人に悪い感じはあたえない。何よりもそれが真実であるからではあるが、彼の身についていた人徳でもあった。たとえばこんなふうに。自叙伝の一部である。

「昔、徳川時代の学者は木曽や日光に植物採集に出掛け随分苦心したというが、私の採集旅行の足跡に比べたら物の数ではないと思う。

私は胴籃《どうらん》を下げ、根掘りを握って日本国中の山谷を歩き廻って採集した。しかもそれは昔の人とは比べものにならない程頻繁で且つ綿密なものであった。なるべく立派な標品を作ろうと、一つの種類も沢山採集選定し、標品に仕上げた。この標品の製作には、私は殆ど人の手を借りたことはなかった。こうした努力の結晶は今日、何十万の標品となって私のハァバリウム（註・標本室）に積まれている。

私はこれらの標品を日本の学問の為に一般に陳列し、多くの人々の参考に供したいと、つねづね考えているが、資力がないために出来ず、塵《ちり》に埋らせて置くのを残念に思っている。

私はこうして実地に植物を観察し、採集しているうちに、随分と新しい植物も発見した。その数ざっと千五、六百にも達するであろうか。また属名、種名を正したり、学名を冠したりした。その為、私の名は少しく世に知られて来た」

「明治二十三年五月十一日、ハルゼミは最早ほとんど鳴き尽して、どこを見ても青葉若葉の五月十一日、私はヤナギの実の標本を採ろうとして、一人で東京を東にへだたる三里ばかりの元の南葛飾郡小岩村伊予田におもむいた……」とあるが、その実を手折ろうとし、ふと富太郎は水面に異様な水草の浮んでいるのに気がつくのである。よく眺めてもわからない。大学へ持ち帰って皆に見せると皆非常に驚いたが、何物なのか誰も知らない。ちょっと待てよ、思いあたるものがある、と言ったのは、さすがに矢田部教授で、本の中を探し廻って探し出したのが、当時はヨーロッパと印度とオーストラリアの一部にだけ産するといわれたむじな藻であったのである。後に黒龍江の一部、朝鮮、満洲にも発見されるようになったが、当時、この発見は、全く青天の霹靂の感があったのだ。

これと前後して、富太郎は、ヒシモドキという、中国にだけ産するといわれていた植物を発見し、三十五年には伊勢の本郷という所で、寺岡、今井、植松の三人の採集した新種を研究した結果、本邦で初めての発見だとわかった。そこでこれに学名をつけ、ホンゴウソウという和名をつけた。この植物は紫色の小草で葉がないのである。だから生えている様は、ちょっと植物とは思えない姿をしている。

同じ頃土佐で、時久という人が同属のものを一種とって見せに来たが、これにはトキヒサソウ一名ウエマツソウという和名と学名を富太郎はつけてやった。

この二種は皆熱帯産のもので、日本で見つけたのは分布学上で興味ある問題を投げたという。「明治三十六年には、当時東京博物館の天産課に勤務されていた桜井氏から、恵那山《えなさん》附近で採った標品を送られたが、これもわが国新発見のものであった。美濃出身の三好君とこの桜井氏に敬意を表するために、ミヨシア・サクライイ・マキノとした」と牧野は嬉しそうに書いている。葉っぱ一枚、花弁一枚の差異に己を主張する植物分類学の、精密を区別する学者の誇りにもきびしいものがある。

牧野はまた、明治四十年には土佐の西南部地方にヤッコ草という新属新科のものを発見し、ミトラステモン・ヤマモトイ・マキノとした。これは最も珍らしい植物である、とも書いているが、それ以上具体的に説明しようとはしていない。なぜであろう？

植物は必ずしも美しい花をつけるものが尊重されるわけでもなく、あるいはたくさんいつでも手に入れられるものが尊ばれるわけでもなく、世界に唯一つあるもの、手に入れることの極めて困難なものが、存在としてはこよなく賞《め》でられるのである。

人間と芸術の関係に似て、植物の神秘な美しさとそれを愛せずにはいられない人間のせつない愛情の苦しさを、ここにもまた思わずにはいられない。

一方、生活の問題に返れば、池長孟の好意や心遣いによっても牧野家は一向楽にはならなかった。牧野流の生き方はこれでは出来ない。というのも、彼には子供のころから「自分流の生き方」として、「自分だけの雑誌」が必要であった。まだ博士号こそないものの、いまや著名な植物学者として、どんな意見も発表の舞台にはこと欠かぬはずであった。しかし彼には、他の人間が勝手な、あるいは未熟な意見を述べているその片隅では承知出来ないのである。表紙から裏表紙まで、牧野色に染めあげられた自分の雑誌でなければならない。
いまや、横浜にも関西にも「自分の雑誌」といってもいい自由になる機関はありながら、さらに彼は、隅から隅まで自分ひとりで執筆、編集できる道楽雑誌が欲しいのであった。

彼は及川智雄という友人から、五十円というまとまった借金をして、自分だけの雑誌をつくった。活字やインクの色まで彼独特の好みがここでは発揮されなければならない。全頁まったく牧野好みである。

こうして「植物研究雑誌」第一巻第一号が発行された。彼はこの巻頭に、総理大臣大隈重信への意見を掲載している。

こういうところ、彼は幾つになっても、佐川の岸屋の坊っちゃんの気が脱けないのである。いつもお山の大将である。一番偉い人を相手に、見物人のいる天下の相撲を取りたいのだ。一泡ふかせてみたい子供ッ気がいつもあった。しかし、大隈は総理大臣という立場もあって、同じ土俵で相撲をとろうとはしなかったのであろう。

こういう大人気ないところが、ヨーロッパ学究生活を体験した教授たちには、やはり鼻持ちならぬ日本人性癖として嫌われたのでもあったろう。

しかし、もし彼自身が外遊生活を長く体験出来る身であったならば、必ずや彼が最もそういう性癖を嫌う紳士になっていたであろう、とわたしはふっと思って笑ってしまった。

上背のある、洋服のよく似合う人品骨柄まずまずの男だと、自身も評価していたであろう。日本の男性が身につけると、何とも似合わない滑稽な感じがする、少々派手目のチェックなどの洋服が結構似合う珍らしい雰囲気をなぜか備えている男だった。

道楽雑誌と自らいう雑誌は彼の気に入ったが、一向に売れなかった。大いなる意気込みにもかかわらず、第一巻第三号で、またもやむなく資金が続かず休刊せざるを得なくなった。

当時は池長孟もようやく、牧野富太郎という一風も二風も変った男の人柄や性癖を理解するようになり、一見好々爺《こうこうや》風ながら、必ずしも自分の予想した好みの男ではないことがわかって来つつあった。しかし富裕者の寛容さも、いまの自分の一つの魅力であることをこの青年が知らないはずがない。万人が一度は持ってみたいと思うそういう寛容さを、現在の自分が持っていることに気づかないほど、彼はお坊っちゃんではない。もう一度、彼はこの妙に無邪気にひねくれている老科学者を援助した。

一九一七年「植物研究雑誌」は池長青年の援助によって息を吹き返した。池長はこのとき、これによって牧野という我がままな学者の自分に対する態度に変化が起るかと、あるいは期待したのかも知れないが、勿論そんなことは起らなかった。

わたしの推察するところでは、関西出身の池長氏と、土佐ッ子の牧野では、どこか人間の性《しょう》に反りの合わないところが本質的にあって、どうも最初から双方の根ッ子のところに相容れにくいものが存在したのではないかと思う。肥後もっこすとか土佐のいごっそうとか呼ばれるものは、もともと大変非科学的なものであって、幾世代かけて変化を待つより仕方のないものであるかも知れない。

池長は三万円という借金地獄から救い出してやっただけでなく、私生活を助けるために関西植物会の月一回の講演会による謝礼も出しているのに、牧野は自分の雑誌に夢中になって、その講演を平気ですっぽかした。池長会館の標本の整理も一向にやろうとしない。全く子供のような無神経さで、池長家の好意を踏みにじって平気であった。

池長家の都会人としての寛容さにも限度があった。好意を重ねても、こうまで踏みにじって平気な牧野に対して、池長家やその周囲に嫌悪の情が湧いて来たのも、責められない事情だったと思う。

こういうふうにこじれてくると、牧野という骨っぽい男はもう救いようのない坊ちゃんというか、土佐のいごっそうでもあった。彼はふだんは大変な子煩悩で、妻子にもじつに優しかったにも拘らず癇癪もちで、突然怒り出すとちゃぶ台を引繰り返して暴れるようなことさえ時にはするのである。理由がないわけではない。そういうときには必ず何かしらそこに人間として我慢できない微妙な感情か、気配を起させるような手強い世の中のしがらみがあったのだ。自分の望まないことを強いられるとか、相手がほんの糸一筋ほどの微かさにしろ、自分を下に見ているとか、それが絶対に我慢ならない。自分をいい加減に扱おうとしていると感じると、言葉よりも行動の方が突走るのである。自分自身はいつも完全に自由でなければならない。強制されることは絶対に許せないのである。

しかし全能の神は、人間というものをよほどよくよく考えて、複雑に造ってあった。牧野富太郎にはこのような欠点があったにも拘らず、一層複雑な人間らしい善良さが一方にあった。それがいつも彼を救った。

このときの救いの神は、やはり植物が彼に恩を酬いたかったのだ、と思われるような話に現れる。

大正十一年七月、牧野富太郎は日光の山で、東京の成蹊《せいけい》学園高等女学校の職員や生徒のために、植物採集会を開催している。このときの成蹊学園長が中村春二《はるじ》であった。

幸に二人は気の合う仲であった。牧野は例によって虫の好いた中村には、自分に天性備わっている長所を丸出しにして、植物学がどんなに人間にとって大切なものであるか、また、植物たちが如何に愛すべき生物であるか、またそれをきわめることが、興趣つきない学問であるかを熱烈に説いた。

自分の刊していた「植物研究雑誌」が地方の植物研究者たちにとってどのように重要な研究発表の場になっているか、を訴えた。こういう場合の彼はなかなか魅力的で好もしいプロパガンダであった。しかも、世間はすでに日本で有数の植物学者として彼を認めていた。その事実は現実的に大いに有効であった。

牧野の話に中村春二は感動したのであった。この有名な篤学者《とくがく》が、全身を傾けて自分に語りかけ、自分を同好同学の人として熱心に語りかけている。幸にして自分には、この人を扶けてあげられる方法が見つけられるかも知れない。牧野はそのときのことを決して忘れられないこととして、自叙伝の中にも書き止めている。

「日光湯元温泉の板屋旅館を根拠地に、生徒は別棟に、中村先生と私とは二階に部屋をとったが、いろいろの物語が弾んだ。私は自分の身の上話や、いままでの仕事や雑誌のことをかいつまんで申しあげたところ、先生は熱心に聴いて下され、真心からの渥《あつ》い同情を寄せ、私に対して非常な好意を寄せて下さった。

中村先生について私が特に記しておきたい、記しておかなければならないと考えていることがある。それはその後同校の生徒と再び日光に採取に行ったとき、同じ二階の校長の某氏とともに部屋をとったときに初めてわかったことだったが、二度目に行った時は、以前中村先生が居られた部屋に私が入り、私の居た部屋に校長が入ったのであった。前年私のいた部屋は次の間つきの上等な広い部屋だったのに、今度はその次の間である狭い部屋を私にあてがい、自分は広い部屋に収っているのであった。思えば中村先生は客人として私に礼を尽され、自らは次の間に下って、私を良い部屋に入れて下すったわけであった。気配りの問題といってしまえば小さいが、招待人である客を次の間に入れて平然としている今度の校長はやはり良く出来た人間とは言いかねる。世には良く出来た人間と、良く出来ていない人間とのあることを深く感じたのであった」

この条を読んだとき、私は某有名作家から同じような話を聴かされたことを思いだしていた。相手は大出版社の社長であった。牧野富太郎が特にこの種の礼節に敏感だったわけではない。これは自然の人間の情の表れとして、やはり牧野が赦せなかったのは当然のことと思った。

成蹊学園長の中村春二はよく出来た人であった。牧野はこういう人間には、素直に尊敬の念《おも》いが湧くのである。二人の信頼関係は固く、成蹊学園の出版部で、「植物研究雑誌」を刊行しようと約束してくれたのであった。

中村春二の援助によって「植物研究雑誌」は、表題を一般の人々にわかり易いように、「植物の知識と趣味」と変えて刊行を続けようとした。しかし、この改題一号は見本十部ができただけで、関東大震災のため日の目を見ることがなかった。

関東大震災のとき、文久二年まだ幕政下の日本に生れた牧野富太郎は六十一歳になっていた。

その前年、多年の間、お互いに不快の念を意地のように抱きながら、同じ大学の植物学教室に生きて来た松村任三教授が停年のため大学を去らなければならなくなった。

私が停年で辞めなければならないのなら、牧野を辞めさせてから辞めると息巻いていたという松村教授も、停年のない薄給の講師である牧野を辞めさせることは出来なかった。

しかしまあ、あの我慢というものの出来ない牧野が、殆ど半生とも言えるほどの長い間を、講師という低い身分で、見下げられながらもよく堪え通すことが出来たものである。

とはいえ、大正十年代にはいってからは、大学は牧野にとって次第に居心地の良い所となっていたという事情もあるにはあった。大学は大正八年から東京帝国大学理学部となっていて、彼は理学部講師として、「植物分類学部野外実習」という講座を、分類学の実験を最も自然にふさわしい野外でやる方法をもって担当した。

植物は自然の中に生きるままの姿をこそ研究するのが本当である、という独学者としての彼の、自然そのものから学んだ主張を弟子たち学生たちにも実行させることによって、大学での彼自身の居心地を良くして行った結果であった。

独学で苦労した分、それだけ彼は他の学者や教授たちとちがって、〝自然〟に強かった。生物はその環境に順応して生活の様相を変えることについて、彼は他のどの教授よりも実際を知っていた。何かと言えば本を開いて見る教授たちとちがって、植物そのものを見ただけで彼にはわかった。

彼は改ったところへ出るときは、好みの、少し派手めの洋服できめていたので、貧乏の癖にハイカラしやがってなどと悪口を言われたが、出る場所をわきまえない、礼節を守らないのは人間ではない、と考えていた。不断はひどいぼろを着ていて、次女の鶴代さんの談話にも、

「床屋へもまいりませず、髪は伸びほうだい、着物なども木綿の黒紋付の羽織を着ておりましたこともあり、それがいつしか羊羹《ようかん》色になってしまっているのを私はよく覚えております。ま

た出かけるにも和服に深ゴム靴を履きまして珍妙なかっこうでとことこ出かけていくのです。これは私の小さい折の思い出ですが、研究中というものは、一切身なり服装にもかまわず、専心的にやっておりました。ほんとうに、父の研究時代というものは、特殊な、おもしろい格好をしておりました。中折帽子を被り、冬は二重廻しを着ていくのです」

また、こんな逸話が渋谷章という人の牧野を描いた本に出ている。

「彼自身、四月頃に冬服の上着と夏服のズボンを身に付けて学生の前に立った時は、『私は今日から高山と名前を変えた。下が夏で、上が冬だからだ』と言って笑わせたほどであった」

この逸話を読んだとき、わたしはふと牧野富太郎の体臭を鼻先に感じる心地がした。故郷土佐の男たちは、よくこういう冗談をいうのである。同じ本にはまた、次のような記述もある。

「ある時学生たちが牧野富太郎を試そうと、ある植物の根を渡し、何であるか当てるように言ったことがあった。牧野富太郎はこの根を入念に観察し、最後に噛んでから、北の植物か、南の植物かと尋ねた。そこで南の植物だと答えると、牧野富太郎はすぐグンバイヒルガオだ、と答えたのだった。その植物は正に九州以南に産するグンバイヒルガオの根だったのである。牧野富太郎は噛んだ時にサツマイモの味がしたので、すぐヒルガオ科だということがわかったと話した。サツマイモはヒルガオ科だからである」

それはともかく、大正半ば頃からは富太郎の周りには有能な植物学者や学生がたくさん集っていた。彼の最も充実した幸福な時代であった。

そこへあの関東大震災が来襲したのであった。牧野の大震災への接し方もまた、全く常人とは異なっていた。

自叙伝のなかには次のように書いている。

「震災のときは渋谷の荒木山に居た。私は元来天変地異というものに非常な興味を持っていたので、私はこれに驚くよりも、これを心ゆくまで味ったといった方がよい。当時私は猿叉《さるまた》一つで標品を見ていたが、坐りながらその揺れ具合を見ていた。そのうち隣家の石垣が崩れ出したので家が潰れては大変と庭に出て、庭の木に掴まっていた。妻や娘達は家の中にいて出て来なかった。家は幸にして多少の瓦が落ちた程度だった。余震が恐いといって皆庭に筵《むしろ》を敷いて夜を明したが、私だけは家の中にいて揺れるのを楽しんでいた」

関東大震災もまるで子供のように無邪気に楽しんでいる。しかし首都に潰滅的災害をもたらしたこの大震災で、彼が無事だったのは、偶然の幸運であった。それでも勿論、標本の重みで床が抜けたり、「植物研究雑誌」の改題号「植物の知識と趣味」の第三巻第一号が出来上ったところを、見本刷を残して全部焼失するという被害に合っている。

然し、牧野富太郎にとっては、この大地震の災害よりも、翌年の一九二四年二月二十一日の中村春二の死亡の方がずっと深く応えた悲しみであった。

震災のときも中村春二は、刷上ったばかりの雑誌が焼けてしまって、懐中無一文という富太郎にすぐ三十円の金を貸してくれた人であり、またやがて刊行される筈の植物図説のためにも、毎月数百円の金を出してくれていた人でもあった。

いや単に、雑誌や刊行物の金主という関係ではなく、人間として最も尊敬し崇拝している人である。その人の病が重いと知って富太郎の心は重苦しく閉されていた。せめて何かしら中村先生の心を慰めることが出来ないかと思い、正月の元旦に鎌倉の田舎に行って春の七草を探した。これを採集して柄のついた竹籠に配置よく植え込み、一つ一つ名札をつけてお見舞にさしあげた。春の七草を初めて正しく知った、と先生は大変喜び、七草粥にするまで眺めて楽しんだ。しかし牧野富太郎にとっては、血の涙が出るような哀しみであった。

中村春二は富太郎のことを最期まで心配して、後任の校長にくれぐれも頼んでくれたにも拘らず、秘かに富太郎を嫌悪していた校長は、中村春二との約束も実行してはくれなかった。富太郎のこの新しい校長の人柄に対する嫌悪が、先方にもわかっていたにちがいない。富太郎は中村春二の遺愛の硯《すずり》を乞うて頂き、いつも坐右に置いていた。

彼は中村先生への恩愛に酬いるためにも、「植物図説」の刊行は断乎《だんこ》としてやり遂げる決心でいた。

「私は、その巻頭に中村春二先生の遺徳を偲んで、図説刊の由来を銘記し、霊前に捧げようと考えている」と、「哀しき春の七草」というエッセイに書いている。

植物図説の刊行は勿論のこと「植物研究雑誌」の方もまたまた出版出来なくなってしまった。

今度は絶体絶命か、と誰もが思った。

しかし、またしても援助者が現れるのであった。富太郎の人徳というか、底力とでも言うほかはない。

今度の援助者は、友人朝比奈泰彦の紹介による津村重舎《じゅうしゃ》であった。わが国漢方研究の老舗、津村順天堂の主人である。ここの生薬研究所である津村研究所から出版されることになった。大正十五年一月であった。

こうして「植物研究雑誌」は四度目の危機を乗り切って第三巻第一号が発行された。まるで牧野富太郎がこの「植物研究雑誌」そのものであるかのように、何度、潰されかけてもフェニックスのように生き還った。「私の道楽雑誌」と、牧野富太郎が気張らずに愛しつづけるこの雑誌は、彼自身のように頑健であった。その後もずっと津村研究所から刊行されて、編集主任が牧野から朝比奈泰彦へ代変りしても雑誌の出版は無事に続いて行った。

富太郎の道楽雑誌は無事刊行しつづけることが出来たが、牧野家の家計がほんの少しでも楽になることは決してなかった。

中村春二の援助が絶えてから、牧野家の家計の逼迫《ひっぱく》は彼等夫婦をじつに悩ませた。富太郎は何とかこの窮況を脱しようとして、地方の大学へ集中講義や講演にもせっせと出かけたし、植物の本やエッセイも沢山書いた。しかし、十三人の子供たちのうち、無事に育った六人の子供たちは、それぞれ大きくなるにつれて、家計は膨張するばかりで、その窮迫ぶりはさすがの富太郎も何とか考えなければならないところまできていた。

十二、寿衛子立つ―待合「いまむら」―

人の運命には、他眼に眺めて、あっと声をあげるような、そんな思いがけない大きな変化が訪れることがある。想像もできないそのような変りようが生じる時期がある。

しかし、そんな思いもかけない変化も、いつか突然それが訪れるべく約束されていたのだと思われる一つの機縁が、そのひとの過去にたしかにあったのだ、とわたしは考えているのである。

読者にお願いする。しばらくの間、わたしの描く、そういうロマンにおつき合い願いたい。

牧野家の家計がいよいよ窮迫を告げ、寿衛子は昼間路上を一人歩いている時さえも、ふと、「何とかしなければ……」という言葉が独り言に口を突いて出てしまう。そんな明治四十五年の暮もさし迫ったある日であった。

「あのぉ、ちょいと、あんた……」

後から呼びかけられた女の言葉にはなつかしい京なまりがあった。渋谷の駅から宮益坂《みやますざか》を、登る途中であった。振返ると思いまどうはずのない女の眼が笑っていた。

「あ、やっぱりお寿衛ちゃんね、まあ、いったい何年ぶりでしょう!」

「小母ちゃん、お久しぶり、ご機嫌よう!」

まあ、ほんとに何年ぶり? と同時に言っていた。

村井としはもう早く亡くなってしまった寿衛子の母の親友であった。なにかに化かされているのかと思うほど彼女はまだ齢よりも若く見えた。

「いったい、小母ちゃん、どうしたらそんなに齢とらないでいられるの？」

「そりゃあね、稼がないではいられないほど、いつも貧乏だからさ」

「嘘ばっかり……」

二人は小さいあんみつ屋にはいって話しこんでいた。寿衛子は切羽つまった暮しのことを話さないではいられなかった。

「へえ、そんなに困窮《こま》っているの？」

「それはもう……子供たちがあんまり可哀相で……」

村井としはじいっと眺めていて、すぱっと言った。

「どう？　うちとおなじに働いてみる気ある？」

「ありますとも。自分の苦労で済むことならなんでもやります」

村井としの年齢でまだ働けるところなんてどこかしら？　と寿衛子は思った。水商売にはちがいない。

「宮益坂のちょいと向うに、待合があるだろ、うちそこで働いてますねん」

村井としは中年もずっとおそくまで京都で働いていたので、東京言葉は他所ゆき用であった。

「この暮からお正月にかけてどうしても手が足りないので、お座敷女中の勤まる人を一人とり急いで世話してくれないかということでね。心あたりを二、三声かけてみたんだけど、何しろもう押しせまっていることだし、皆もうきまってしまっていて、困ったなあ、と気を重くして歩いてたところ。お寿衛ちゃんなら立派なもの、勿体ないくらいの品があるもの……」

村井としはお世辞を言っているわけではなかった。この年末年始の女手の払底しているときに、寿衛子ほどの女性が、おいそれと見つかるはずはなかった。

「でも、ちょいと、ごめんね、こんなあけすけなこと言っちゃって。そのガスの袷は少うしねえ、悪いけど、うちへ寄って、あたしの銘仙とでも着換えてくれる？」

そう言われて寿衛子も裾綿《すそわた》こそ見えないものの、くたびれた一枚きりの不断着の裾を見下ろして恥じ入った。

そんないきさつもあったが、こうして始まった寿衛子の一月、二月とつづいた待合「いまむら」のお座敷づとめは、牧野富太郎夫婦の窮迫を思いがけなく救うことになった。約束の給金のほかに、客の思いがけない心づけのようなものもあって、その額は、長い間、大学助手や講師の安月給に甘んじて来た二人にはまるで予期したことのない臨時収入であった。

渋谷は明治の終りごろ駅が開けてから盛り場になったところで、この一、二年ほど急に色街めいた雰囲気が濃くなった。

駅を中心に西は荒木山、東は宮益坂の近辺に料理屋や芸者置屋、待合と灯をかかげる店が大正の半ばごろ急に増えていた。

世田谷に陸軍の兵隊宿舎が出来たのがこの頃で、このことが渋谷の花街化に拍車をかけることになった。

こうなると当惑したのは風紀取締の警察であった。渋谷荒木山と宮益坂の両方に花街を擁しては、渋谷駅は何か事の起った場合、とても治安が維持し切れないことになる。花街は駅の西側か東側か、どちらか一方に制限する必要がある、ということになった。いまの若い人たちには花街の存在というものが、地元にとって、どんなにたくさんの波及的な、利益をもたらすか(その反面、悪い影響を及ぼすのはもちろんだが)、容易に想像できないかもしれないが、花街は札束の舞う不夜城のような場所なのであり、花街を失うということは、とりもなおさず灯の消えたような不景気の波に漂うことを意味していた。

だから花街をわが町に、という運動は激烈を極めたにちがいない。しかし渋谷の場合、この争いは短い間で勝負がついた。なぜかというに、この問題の起る以前にすでに大勢は決していたからであった。西の方の荒木山は昔から弘法の湯と呼ぶ治療場があって、早くから多勢の人々が集り、ほぼ花街としての体裁が整っていたからである。

大正二年の一月、荒木山の台地、一万五千坪を指定して渋谷近辺の花街をここにまとめることになった。

ところで、宮益坂側に地盤を築いて来た待合「いまむら」にとっては、今回の警察の処置は死活問題であった。いまさら敵地のような荒木山へ乗り込んでゆく気にもなれない。「いまむら」が廃業の肚を決めたことを小耳に入れると、寿衛子の胸は波立った。この一、二年の水商売勤めの間に、この世界の水に馴染んで、やはり京都の芸妓あいの娘だとわれながら認めざるを得ない気持があった。

ようやく馴染んだこの「いまむら」がなくなってしまうなんて、そんなことは許せない、と寿衛子は血が騒ぐのであった。こんなありがたい、わが家の救いの神の商売を止めなければならないなんて……せっかくやっと助かった暮しもまた元のもくあみに返ってしまう。わたしの働き場所がなくなってしまう。そう思うと寿衛子の眼にはつい、涙が出る。思い悩んでいるうちに寿衛子の心は不意にぱっと青空を仰ぐように晴々となった。

そうだ、わたしがやろう。「いまむら」をわたしがやればいいんだ。しかしそれにはたくさんのお金がいる。とてもわたしの力でなんとかできる金額ではない。しかし、しかし、と寿衛子は一所懸命に考えた。命がけでわたしはこの「いまむら」を育ててみよう。

寿衛子は夫の富太郎には黙っておいて、寝ても覚めても「いまむら」のことを考えつづけた。

荒木山は花街もあるがまだ住宅地もあって、現に寿衛子一家は荒木山の一部に住んでいた。

一日、寿衛子は荒木山の花街を歩き廻って小さい一軒の空家を見つけた。小さい貸家ではあったが花街の中にあって、何とか無理すれば待合の小さいものがやれないこともない。何よりも場所がいい。寿衛子は有り金はたいてその家を借りてしまった。あとはもう気が狂ったとでもいうほかはない。

「小母ちゃん、わたし『いまむら』を継いでやります。やって行きます」

と宣言してからの彼女は確かに鬼になっていた。狂っていた。——女も思い屈しては、ついに立上る時があるのである。

「旦那様、御願いです。わたしに『いまむら』をやらせてみて下さい。お願いです」

おかしなもので自ら狂えば人を狂わせることも出来なくはないものである。寿衛子は自ら狂うことで、「いまむら」の主人はじめ周りの人々をも狂わせることが出来た。

寿衛子の借りた小家は、宮益坂の「いまむら」の調度什器《じゅうき》が運びこまれて、いつの間にか荒木山の待合「いまむら」として呼吸しはじめた。

宮益坂の「いまむら」の客たちはそっくりそのまま、寿衛子の「いまむら」の客になって行った。こうして短期間のうちに、待合「いまむら」は何年も前から渋谷円山町《まるやまちょう》に存在したかのように、根が生えてしまった。

十三、「いまむら」廃業

三、四年の歳月がまさしく矢のように流れてゆく。道玄坂のコーヒーショップの賑う午後、

「ねええ、『いまむら』の女将さんは、大学の先生の奥様やってえ？　ほんと？」

「まさか……」

そんな秘そやかなささやきが、お茶を飲みに寄る若い芸妓や下地ッ子の間に流れるようになっていた。村井としが耳にして来て、寿衛子は心が冷えた。

「小母ちゃん、どないしよう？　やっぱりあかんかいなあ？」

村井としも黙って考え込んでいた。

寿衛子が一番先に考えたことは、店の名義だけはこのままではまずい、ということであった。

そう決心すると、例によって彼女のすることは早かった。

「この店、今日からごっそり小母ちゃんのものでっせ、承知しといてよ」

「ま、この子ォは……」

といいかけて、村井としは、

「思い切ったことしはる女将さんやなあ！」

と上半身を反り返って見せる真似をした。

「もう、押しも押されもしない二流どころって評判ですよ」

そのあと声を小さくして、

「やっぱり身体のうち流れてる血がもの言いますなあ！」

貧乏して塩ったれたガスの袷など着ていても、寿衛子の身体の中からは、母のあいから受けついだ粋筋の活気が自ずからこぼれ出るようだ、と村井としは思った。

あいが京都で全盛時代に、陸軍営膳部で聞えていた小沢一政に迎えられた頃はいまの寿衛子より二十歳近くも若く、この世の盛りに輝いていた。昔を想い、今を思って、村井としは人の運命の不思議さを見ていた。

寿衛子の父親、小沢一政は、幕末の安政時代に「安政の大獄」と呼ばれた無惨な時代を出現させた幕府の大老、井伊直弼《なおすけ》の家臣であった。多分利発な若武者であった一政は、直弼の役に立ち可愛がられているうちに、明治の御一新で天下は覆った。

しかし、一政は新政府の陸軍営膳部で然るべき地位を占めることができた。明治三年寿衛子は一政の二女として生れ、後の皇典講究所に転用される広大な邸宅に住んでいたという。寿衛子の乳母日傘時代である。

陸軍の営膳部という部署は、広大な軍用地や兵営地の設定はじめ、軍の備品や機材、設備の調達など、大金の動く部署である。その時期の小沢一政の勢威はなかなかのものがあったにちがいない。

その父一政の一身上に突如として一つの不幸が起った。このとき以後、父は寿衛子の前から姿を消し、生涯現れることはなかった。しかし寿衛子は何事も知らされてはいなかったらしい。あるいは承知していて生涯何事も語らなかったのであろうか。ともあれ井伊直弼のことは父や母がそうしていたらしく、いつも居住いを正して「井伊掃部頭《かもんのかみ》さまが……」と懐しそうに生涯敬して話したという。

一方、富太郎も妻の里方や義父の事については殆ど何も語っていない。彦根藩士で井伊家の家臣であったこと、一時、陸軍の営膳部で大変権勢を持ち、飯田町の大邸宅に住んでいたことがある、という事の他はいっさい何事も話していない。

明治の革命の中では、小沢一政の例に限らず不明のまま闇に葬られたことはたくさんあったに違いない。

彦根に旅したときは、わたしは必ず彦根城下にある草深い「埋木舎《うもれぎのや》」を訪ねるのが楽しみの一つであった。そこは若き日の井伊直弼が、幕末の日々、出世の望みの全くない部屋住みの身の鬱屈を、和漢の学問や茶の湯などの趣味に僅かに晴らしていた所で、そのころの直弼は、後年の安政の大獄を生んだ幕府の大老井伊直弼とは、わたしの中では絶対に重ならない別の人物であった。小沢一政にとってもそうであったかも知れない。一政と寿衛子の母あいという美妓《びぎ》の京都花街での出逢いも、京都円山の夜の花に誘われて、そのような華やいだものとしてわたしの頭の中にあるのであった。

明治の御一新というのは、世の中が突然にひっくり返った大混乱の革命であったから、腕一本、頭脳の冴え一つで思いもかけない出世も出来た時代であったとも考えられる。

後年、国家として秩序の整い始めた時期になると、昔の身分が洗い出されたり、人のそねみや排斥を買ったり、思いがけない陥穽《かんせい》に落ちるといった事態もよく起り得たのではないだろうか。

小沢一政の没落と死の後、あいはまず子供を抱えて自活の道を考えなければならなかった。彼女がまず、水に馴れた京都を選んだのも、また、ここで芸妓置屋を営むことを考えたのも、ごく自然な流れであったろう。

牧野寿衛子が長年の貧乏生活の末に、自分自身より他に頼ることの出来る者は一人も居ないのだ、と肚を決めたとき、待合営業を思い決めたのも、他人が仰天したほどの大きな変身というわけではなかったのである。寿衛子には待合の女将の十分に勤まる自信があった。半端な気持で始められる商売ではなかった。しかし始めた以上、資本と経験の不足は彼女の人柄と鍛練された人扱いと真心のこもったもてなしで補う外はない。待合「いまむら」には他の同業者の持っていない真面目さと真剣さが、店の隅から隅まで漂っていた。一見《いちげん》のお客も、日頃のお馴染みさんも、一様に真剣に扱う真心があった。「いまむら」が渋谷円山町でどうやら二流どころの待合として認知されるようになったのは、こうした寿衛子の接客態度に負うところが少くなかったのだろう。

世田谷に出来た陸軍の兵舎や、第一次世界大戦あとの好景気もあって、京都の花街にならって、渋谷円山町と改められた荒木山は、急激に発展した。待合茶屋十三軒、芸妓屋二十四軒、芸妓六十名などと記録にはある。徳の家、栄屋、二見屋、つるのや、海月などが一流どころである。

ところで現代を生きるわたしたちは、明治大正時代、いや現代にもある待合茶屋というものの存在を正確に理解しているだろうか。

いろいろの人に訊いてみると、正確に理解している人の少いのに驚く。

待合というからには、人と人とが待ち合せて話すところであるにはちがいない。一方また待合遊びには金がかかるもの、という常識もゆきわたっている。豪勢な遊びを楽しむ所にちがいない。それでは誰と誰とが待ち合せるのか？　男と女だと思っている人たちがかなりいる。わたしは驚いた。とんでもない。待合で待ち合せるのは、大概の場合、男とそして男なのである。

それも両方とも、その世界では一応名の知られている大物なのである。一昔も二昔も前には、「待合政治」という言葉があって、政治悪の温床のように非難されていた。また「待合政治華やかな時代」という言い方が公然と罷り通っていたものである。

寿衛子が待合「いまむら」を開店していたのは、その「待合政治」華やかな大正時代であった。政財界の大物たちが毎夜のように入り代り立ち代りそこに会して、大金の動く契約が交され、取引が行われ、世界が動いてゆく。

中にはその夜の政談、商談の成否に、生涯を賭けている男たちもあるだろう。一から叩き上げてようやくここまで築いて来た身代を、あるいは地位を、この一夜で棒に振る男もいれば、反対に、生涯の基礎をこの一夜で築いてしまう男もいる。とはいえ、小さい商談をもったあとの憂さ晴らし、と後の娯《たの》しみだけを思っている男たちがもちろん大部分である。

上首尾に終れば馴染みの芸妓たち二、三人を呼んでぱっと派手に飲んで唄ってぱっと引揚げる。こういう場所で男をあげる人もあれば、案外な、と首を振られる男もある。

ともあれ、いつの場合も真剣なのは女将の寿衛子であった。

帳場の神棚に灯をあげて手を合せ、ぽんぽんと冴えた柏手《かしわで》を打って、

「神様どうぞお客様方の御運が良く開けますように。どなたの御運も拓けますようにお護り下さいませ。そしてどうぞ、うちの子供たちが健かで主人も病気しませんように」

まったくのところそれだけが彼女の願いであった。

大正年間は、倖いなことに渋谷円山町の全盛時代に当っていた。牧野家の子供たちの成長ざかり、教育ざかり、一番生活費のかかる大切な時代と重なり合っていたのであった。

明治三十一年生れの次女鶴代は子供たちの中でも一番頭脳明晰で、富太郎が生涯自らの身辺から手離したがらなかった才女であったが、母寿衛子の身を切るような心労の多い待合経営の間に女学校も終えて、名判事と言われた人の長男の弁護士と結婚したし、長女の香代も嫁ぎ、下の子供たちもそれぞれに成人し、教育に金のかかる苦しい時代をどうやら通過することが出来た。小さい待合「いまむら」は、万年講師の安月給でありながら子沢山の牧野家の出費盛りを、しっかりと支えてくれたのであった。諸経費を差引いた純益が毎月六十円は優にあったのだ。

もしもこの時代に「寿衛子立つ」ことがなかったら、牧野一家の旧宅は残されなかったかも知れない。東大泉《ひがしおおいずみ》に今も確然と存在する「牧野記念庭園」も、在りし日のままに書斎を保護し

て、その面影を在り在りとわたしたちに語りかけてくれる鞘堂《さやどう》も存在しなかったはずである。

しかしある日、牧野富太郎は学長に呼ばれて、いま評判の待合「いまむら」との関係を聞かれたのであった。

「私たちにとっては全く生命の問題です。しかもこの場合、妻が独力で私たちの生活を救うために始めたことです。勿論、私たちとは別居ですし、このために大学その他に迷惑をかけたことは毫《ごう》もなかったと言ってよいのです。それゆえ、時の五島学長もその辺よく理解し、且同情していて下さったのです」

自叙伝ではそう語っているが、寿衛子にはこれはやはり堪えた。寿衛子の決断は速かった。

「円山町の『いまむら』は大学の先生の奥さんがやってらっしゃるのですって?」

道玄坂の喫茶店でそんなささやきを聞いて来た女中さんもいたりした。

「この店なあ、ごっそり小母ちゃんの名義やで、なあ、承知しといて、な!」

とささやいたときの寿衛子の女とも思えない思い切りのよさ。それがなかったら彼女の数年の苦労も実を結ぶことがあったか、どうか……。

大正時代の終りにかけて陰りはじめた景気とともに、何となく腑《ふ》に落ちない一見の客があらわれたり、ツケの客が増えはじめたりすることで、彼女もはっと気がついた。店が狙われている。

「わかった。閉めまひょ!」

村井としもさすが玄人、一言で寿衛子に同意した。寿衛子はいった。

「二流どころを保つだけでも『いまむら』は家が小さすぎます」

村井としはその言葉を受けて応じた。

「しかし、何というても場所が口をききますでえ。眼のある人は放っときやしまへん」

村井としが言う通り、小さい家にもかかわらず「いまむら」の店の株は、店を閉めないうちに買手がついた。すべては寿衛子についていた良い運の流れであった。

そのまとまった金で彼女は考えに考えた末に兼ねての決意通り、東大泉の雑木林の借地権を、思い切ってぽんと七百坪買い取った。今でこそ大東京の一部になってガソリンの臭いの濃厚な東大泉も、当時は、国木田独歩の『武蔵野』にある通りの深い雑木林の一部であった。

「東大泉を七百坪買いました」

手付金を払うと、寿衛子は早速、夫の牧野富太郎に報告した。

「七百坪？　そ、それは広すぎる」

富太郎は思わずそう答えたという。

寿衛子は、七百坪やそこらで言葉をつまらせている夫を軽蔑するように眺めて、

「いいえ、狭すぎます。二千坪以上は必要です。でも、お金が足りませんの」

と情なさそうにそう答えた。

「家を建てるお金を残しておかなければなりませんから」

わたしはこのいきさつを知ったとき、寿衛子はきっと父の小沢一政の大様《おおよう》な気性を受けついでいたのにちがいない、と考えた。そうだとすれば、貧乏のどん底にいても学生を夕食に誘い、下宿がすぐそこなのだから帰って食べるというのを、無理にいっしょに食べさせたというのもよくわかる。一人分の学生の夕食一つ吝《けち》ってみたって何ほどのことがあろう。それよりいっしょに（せっかく集っているのだから）わいわいと食べた方がたのしいじゃあないか。寿衛子はそういう捌《さば》けた隣りの小母さんでもあったのだ。

大正十四年の末ごろに着手した工事であったが、武蔵野の大木を伐《き》り倒し、敷地作りに思いのほか人手を食って、建て前までに半年近くが消えてしまった。沢山の子供たちのための広い茶の間と寝部屋、ほかには台所だけの粗末な家だったが、唯一富太郎の書斎の八畳と長四畳の仕事部屋だけは木口も選んだ堅牢な本建築を、というのが寿衛子の最小限の希望であった。そうしてまあまあという程度のものが完成したのは、翌年の五月にはいってからであった。

大正時代というのは短かく、慌しい時代であった。御即位の時からすでに御病弱であられた天皇は、早くから皇太子に摂政を委ねていられ、僅かに十五年の御治政で、年末十二月二十五日に崩御されたのであった。

牧野富太郎一家が、全員それぞれの思いで首を長くして待ちかねた憧れのわが家に引越すことが出来たのも、そのように慌しい大正末年のことであった。東京府下北豊島《きたとしま》郡大泉町上土支《かみどし》田《だ》五五七番地というところである。

寿衛子が街中の借家暮しで日頃一番恐れていたのは火事であった。牧野家の唯一の大きな財産は書物と富太郎が少年時代から手塩にかけて造って来た標本であり、植物の写生であった。いったん火事に遭えば、焚きつけのようなそれらを抱えて逃げなければならない町中の借家に暮すのは、生きた心地がしないのであった。彼女の年来の夢は、たとえ自宅がボヤを出しても、富太郎の書斎や標本庫は類焼の心配のない、広々とした屋敷を確保することにあった。標本は毎日増えて行きつつある。夜半に眼覚めてふと外の風の音に耳澄ますとき、町中の借家に棲んでいる身は心が冷えてゆく。

「皆の眠るところだけあればいい。あなたの研究室と書斎だけはたっぷり。そして、もし母屋が失火したり、類焼することがあっても十分安全な距離をとって、標本庫が必要です。残った庭にはあなたの好きな植物を出来るだけたくさん植えたいのですけれどね」

高利貸の男たちに、毎月のように頭を下げつづけた長い長い貧乏暮しの明け暮れの末に、それは彼女の考え抜いた夢であった。

子供たちにはいつも、

「うちはね、お父さまが学問の研究をしてらして、そのためにお金がいるのでいつも貧乏してますけれどね、うちの貧乏は学問のためだから決して恥かしいことではないの。いまにお父さまの学問が世の中の皆に認めて頂ける日がきっと来るんだからね、我慢おし、我慢おし!」

と言って聞かせていた。だが彼女は、わたしがまず夫の学問を世の中の人々に見て頂けるように舞台を造ります、という気概と覚悟を秘めていたのであった。

富太郎は、新しい土地と家について話す目の前の妻に心を揺すぶられた。

寿衛子念願のわが家は、林の中の小さい二階家ではあったが、木の香も芳ばしく建てられた。

誰もうこの家から彼等を追い立てる者はない、ほんとうのわが家であった。

富太郎も妻の奮闘に応えてこの十月半ばは広島の文理科大学に集中講義に出かけたし、十一月には大分県因尾村井《いんびむら》の内谷に、梅の自生地を調査に出かけたりもした。

年が明けて昭和二年、富太郎は周囲の人々の熱心な推挙に抗しがたく、博士論文をまとめて提出することになった。この論文については随分以前から周囲の人々にうるさくすすめられていたが、富太郎の気持としてどこか釈然としないものがあって出そうとしなかったものである。独学、独学というが、やはり博士号は欲しいのではないか、と言われるのが、子供っぽく意地を張っている彼には嫌だったのだ。

しかし今回の寿衛子の奮闘に対しては、もはやそんな子供っぽい意地っ張りは出来ない、と感じた。これでわしも唯の男になってしまったよ、と口惜しがりながらも、四月十六日、東京帝国大学から理学博士の学位を受けた。

学歴がなくて助教授になれないものだから、せめて博士号か、といった、周りにそれとなく感じられる雰囲気が、いつまでも子供っぽい彼の気に入らなかった。

「私が博士になったって何もおもしろくもおかしくもないよ。私はいつまでも褌《ふんどし》かつぎが横綱に戦いをいどむようなやり方が好きなんでね」

とまだぼやいていたが、

「先生、褌かつぎももういいです。いいです」

と若い者たちに手を振られる始末だった。

しかし、これが寿衛子の生きて見ることの出来た夫の輝かしい栄誉の最後の一つになった。

早速に祝賀会なども行われるべきであったが、何しろ本人が仏頂面しているのでそうもいかない。

結局、なんと祝賀会はそれから十年も経った一九三六年十月十日、有志が相談し、『牧野植物学全集』の完結祝いを兼ねて東京会館で催された。会の名も「不遇の老学者をねぎらう会」という、なかなかに皮肉っぽいネーミングであった。

席上、人類学者の鳥居龍蔵《りゆうぞう》博士がテーブルスピーチに立って、

「世界的な植物研究者である牧野氏に、この歳にもなってやっと博士号を与えたということは、日本の学界の名誉と言えるであろうか。文部省の御役人も多数列席しておられるが、牧野博士に月給七十五円の苦しい生活をさせてきたため、かえって、より立派な研究者としての博士を作り上げたのは、たしかに官僚役人たちのお手柄だ。がこれは決してお役人方の自慢すべきことではあるまい」

鳥居博士は、列席の文部省の役人たちの方をにこりともせず眺めながら、鋭い目差しでそう

言い放った。

ともあれ、昭和二年、博士号を取得した牧野富太郎の月給は十二円だけ昇給している。鳥居龍蔵博士のスピーチにある七十五円というのは、「不遇の老学者をねぎらう会」の行われた昭和十一年十月十日時点での牧野の月給の額であるが、勤続四十七年目の昭和十四年五月二十五日に彼が理学部講師を辞任したときも、この額は全く同じだったのである。

家の建築などという出費は、予算をよほど多めに見ておいても、超過することはあっても少くてすむということはあり得ないものである。収入はまた給料以外になくなり、牧野家は以前にまさるとも劣らない火の車になった。実はその頃、寿衛子の身体にはすでに病魔がすみついていたのだった。

十四、寿衛子の死

昭和三年にはいってから、寿衛子は身体の不調に悩むようになった。ちょうど更年期に加えて、馴れぬ大英断の待合茶屋営業など、心身ともに無理を重ねてきた長年の苦労に肉体が一ッ気に謀叛を起したように見えた。

富太郎は十一歳ほど年下の妻を持っていることを、自慢にしていたのか、それとも気にしていたのか、

「わたしは頑健で肉体は年よりずっと若いと医者にいつも言われましたよ。年老《としと》ってからも細君に一度も困らせる思いをさせたことはないんです」

猥談もなかなか好きで、よく聞かせた彼は、そう言っている。

しかし、生涯に十三人の子供を妊娠し、育った子供は半分に足りない六人だけ、育たなかった子供七人という、寿衛子の結婚生活を、わたしは哀れに思う。貧乏と心労と、肉体の酷使で、寿衛子の身体は五十歳にしてもはやぼろぼろにくたびれ果てていたのであろう。

入院した東京帝大付属の病院では、子宮癌の疑いが濃厚であった。しかし、忽ち入院費にさし支える暮しでは早速手術にもならず、もう少し様子を見て、などと気休めを言っているうちに病状は進んでいった。

健康保険の制度が今のように完備してなかった戦前、庶民にとって、入院費、手術費などという莫大な支出は、一家の破滅を意味したのであった。

「わたしに頑張れたのも、ここまでだね」

寿衛子は一番頼りにして来た娘の鶴代にそう言って淋しそうに笑った。

夫がいまもその理学部の講師として身をおいている東京帝大の付属病院であるにも拘《かかわ》らず、入院費の支払いが停滞すると、看護婦たちは、情容赦もなく病人を敷布にくるんで頭と足もとを持ってさっと床に下ろしてしまうのであった。

「ベッドの空くのを待っている患者さんがたくさんいるのですから……」

寿衛子は入院費が切れる度、友人、知人のカンパに助けられた。

帝大の講師の妻だろうが、理学博士の妻だろうが、付属病院で通用するのは現金だけで、寿衛子の病勢は悪化してゆくばかりであった。

昭和三年二月二十三日、寒い朝であった。入院中の寿衛子はその朝も、入院費の支払いが出来ないので、ベッドを空けるように看護婦に言われた。二人の若い看護婦が頭の方と足の方を敷布につつみ、軽々と持ち上げて、病室の床にじかに下ろしてしまった。

そこへ毎朝のように見舞に来る家族たちが現れ、これはまた何ということと呆れているうちに、もう病みやつれていた寿衛子に急変が起った。さすがの看護婦たちも狼狽して病人をベッドの上に戻し、医師《せんせい》を早く、と騒いでいるところへ、牧野富太郎が駈けつけて来た。そのとき彼は、

「ああ、いまこそ、われわれはお母さんに心からなる感謝を捧げねばならないのだ」

大層重々しく、沈痛な様子でそう言った。漢文育ちの明治の人にままある大層勿体ぶった、

若い人たちには奇妙なものに見えるセリフであったが、娘たちはもう皆声をあげて泣いていた。

そのとき寿衛子は、いかにも苦しそうに顔をしかめ、最後の力をふり絞って首をくるりと廻して顔を夫から反向《そむ》け、眼を閉じた。そのときが、すなわち臨終であった。

牧野富太郎の同志として、妻として、彼の生涯をここまで守り通して来た妻、高利貸の怒りをいつもなだめ通し、平ぐものように人々に詫びて来、思い屈しては遂に立って待合を営み、夫と子供たちの安心して住むことのできる家を用意してあたえた妻、寿衛子の臨終であった。

家守りし妻の恵みやわが学び

世の中のあらん限りやスエコ笹

下谷《したや》、谷中《やなか》の天王寺墓地にある寿衛子の墓石には富太郎の句が二句刻まれている。

先年北海道からの帰途、仙台で採取した笹の一種が、帰宅して調べて見ると新種であった。彼はこれに妻の名をとって、スエコ笹と命名したのである。普通の笹よりも葉が細かくてやさしいデリケートな感じのする笹である。

十五、渋谷荒木山花街の跡と東大泉「牧野記念庭園」

春まだ浅い三月はじめの晴れ日、わたしは思い立って寿衛子が待合〝いまむら〟を開いたという渋谷荒木山というところのあとを見たくて出かけて行った。

そこは昭和になって円山町と名を改めた。『大正・渋谷道玄坂』(青蛙房刊)の著者、藤田佳世さんの荒木山花街の項を読んでいると、懐かしくて久しぶりに渋谷のあたりを歩いてみたくなるのであった。

「今はその面影もないが、大正の頃の荒木山は情緒に満ちた花柳街であった。しかし昭和になって円山町と名も変り、私も子供の時ほどこの街を歩くこともなくなった。

私が弟をおぶってこの芸者町の横丁や路地を抜けて歩いたのは十歳の頃のことである。それというのは、商ないに追われて夕仕度のおそくなる母が、もう日が暮れるというのに弟を私の背にのせて、

『ほらほら、姉ちゃんにおんぶして、ひと廻りしておいで。そのうちにごはんの仕度も出来るから』と、むしろ私に言うべき言葉を弟にかこつけて、私に子守りをさせるのである。

外へ出てみても、夕方の街にもう遊んでいる児《こ》はいない。私は仕方なく道玄坂から荒木山をひと廻りしてくるのである。

道玄坂を登り切ると右側にお地蔵さまがあった。そのお地蔵さまを角にして右にそれる通りがある。この道はやや左にカーブをつけながら神泉《しんせん》にくだって行くのだが、右側が私たちのい

う芸者町であった」

『大正・渋谷道玄坂』に書かれてある通りに、道玄坂を上りつめると少し道から引っこんだ石段の上に、いまもお地蔵さまが右側にあった。身の丈、大人よりは少し小さいがなかなか大きな立派なお地蔵さまで、柔和な穏かな面差しが品よく、童顔というより大人っぽいお顔である。どこか頼もしい感じのする珍しい風貌である。

現在も近くに水商売の家が僅かながらあり、昔の花街の面影を少しとどめている。信仰する人々もいると見えてしっとりとたっぷり打ち水がしてあり、石段やお地蔵さまの足許には水々しい新しい花の小鉢がたくさん並んでいる。

「道玄坂地蔵尊由来記」という木札が建っている。

「この地蔵様は約三〇〇年前に建てられた玉川街道と大山さんを結ぶ三十三番霊所の一番札所のお地蔵様です。

昔は豊沢地蔵といわれていましたが、現在は道玄坂地蔵と名を改めています。

昔の御本体は二度の火災で焼け崩れましたが、この地蔵の中に御本体を固めて上をきれいにお化粧してあります。

このお地蔵は、火ぶせ地蔵とも言われ、霊験あらたかなお地蔵様です」

江戸時代のお地蔵様の多いなかでこの地蔵さまは寛正三年（一四六二）の作だとある。年表を見ると足利時代で応仁の乱の起る少し前であった。

このあたりが地勢的には一番高く花街の中心になっていたようで芸妓置屋や待合の多い、昼もどこかで三味《しやみ》の爪弾《つまび》きが聞えてくるような、風情のあるところであったろう。昭和の初めあたりには徳の家、栄屋、つるのや、海月などの軒燈《けんとう》に明るく灯を入れた夕空を、こうもりの群がさあっとかすめるように小さい虫を追って飛びかっていた。

いまはこの町も、コンクリートの頑丈で不粋な大きな箱のような建物が不愛想に並んでいる。それでも昭和の初めごろは花街であった名残りのように水商売の店がぽつぽつ残っている。やぶとかおたき、おむろなどの看板が見える。

待合〝いまむら〟のおかみとしての寿衛子が、地味っぽいがどこか粋な縞柄の着物を働き者らしく裾短かにきりっと着こなしてこの道を往く後姿の、低目にしめた帯が見える心地がする。もう足かけ数年もこの素材に心を打ち込んで来たわたしには、彼女はもう他人のようには思えないのであった。

足に委せてもう少し、と歩いていると、これも色街の名残りの匂いのする、お稲荷さんの社につきあたった。

道玄坂のお地蔵さまよりずっと広大な敷地を占め由緒書の額もずっと大きい。

「千代田稲荷神社由緒」

鎮座地　渋谷区道玄坂二ノ二〇ノ八

祭神　宇迦之御魂命《うかのみたまのみこと》
祭儀　初午祭　毎年二月初午の日
　　　例大祭　九月十四日・十五日
社殿　本殿　拝殿（木造神明造）
境内社　中川稲荷神社（伏見稲荷神社）
　長禄元年（一四五七年）太田道灌江戸城築城の時、守護神として伏見稲荷を勧請《かんじょう》したのを創始とする。徳川家康公入城後、今の宮城《きゅうじょう》紅葉山に遷座し、慶長七年城地拡張の時、渋谷宮益坂に移し、江戸城の別名を取りて千代田稲荷と称し、附近住民の信仰篤くことに和宮御降嫁のさいに奇瑞《きずい》を現わし、途中を守護したので着城後代参あり（以下略）

　延々と長文である。平成六年七月吉日、氏子一同とある。

　とにかく、道玄坂の近代化とはうらはらな昔の面影を残している。寿衛子の待合〝いまむら〟時代を偲ばせるのはこの二つの信仰の場だけになっている。宵々に美しいお座敷着の棲《つま》を取った芸者衆や仲居さん、板場さんたちの信仰を受けていたのであろう。

　東大泉に寿衛子奮闘の形見として残る「牧野記念庭園」を訪ねていったのは渋谷円山町を歩いた日から、ほど経ぬ同じ早春の一日であった。

風雅なやさしい門には年月を経た藤の蔓《つる》が太々とからんでいたがまだ芽はでていない。門の上空を高々と覆っているオオカンザクラの薄紅色の花がいま満開というところであった。ここだけ早くも春が来ていたが、他の木々や草花は早春の寒空にじっと堪えている。

まず奥の鞘堂に保存されている牧野富太郎生前の仕事部屋を見学する。寿衛子が清水の舞台から飛び下りるほどの思い切った覚悟で夫に贈った心のこもる贈物である。富太郎の生前は多分標本や書物が積み上げられていたであろう仕事部屋も、いまはすっかり美しく取り片づけられて、壁側に設けられた棚には整然と遺愛の書籍類が並べられてある。ガラス戸越しに距離もあるので書物の名までは読みとれない。戦前の日本家屋の表座敷がどの家でもそうであったように、障子の真中に明り取りのガラスがはいっているのが懐かしい。遺愛の一畳ほどもありそうな大きな仕事机が隣りの長四畳の明るい窓際にどっかりと据えられている。採集用の愛用の道具類も八畳の棚には並んでいる。

建物としては他に一棟、牧野富太郎の生涯を語る遺品や写真などさまざまの標本類もガラス戸越しに眺められる展示室と、通り抜けのできる通路を挟んで集会室がある。展示されているもの以外の標本の類は全部都立大学に移されて保管されている。

この記念庭園にあるものは、生きている樹木と草花たちばかりである。庭内には丈の高い大木と小さい草花たちが、うまく日光を等分に受けられるように配分されて植えられてある。ビニールに包まれた温床もある。見本園には小さく仕切られて、さまざまの貴重な植物がまだ春の浅いのを知ってひっそりと眠っている。富太郎が子供の頃親しんだ高知市の仙台屋の庭にあったのと同じ桜、「センダイヤザクラ」も一本植えられているが、まだ蕾《つぼみ》が固い。

園内はじつによく心遣いの行き届いた配置になっていて、春の花盛りの頃に訪れたとしたら、一日中眺めても尚あきないに違いないと思われる。この庭園がまだこんな風に整備されないうちに亡くなってしまった寿衛子の無念さを思ってみないではいられない。彼女の求めた広い土地は、道路の拡張の分くらいの減少だけでそっくりそのまま、彼女の夢の形見として残されている。細やかな心づかいで練馬区が彼女の夢をそこに実現してくれていることも、大変にわたしは嬉しかった。

区でつくったビデオを映してみると、花盛りの頃の草花の一つ一つまで教えられて、大変たのしい。初めて見る珍しい草花がいくつかあった。

しかし、現在のように整備される前は、家の屋根も朽ちて書斎の標本も雨洩りに侵されるほどに荒れ果てていた。昭和三十三年四月に、練馬区の手に移り、このように整備されたものであるという。

十六、　遅すぎた栄光

昭和三年という年は、寿衛子を失った悲しみの一方で、『科属検索日本植物志』が出版された。旧知の田中貢一との共著で、大日本図書からの出版である。

七月から採集の旅にも出た。栃木、新潟、岩手、兵庫など十一の県を歩き廻って、帰京した。小石川の植物園からの帰途、自動車事故に遭ったのは六年の四月であった。背中と腰をしたたか打ったので、彼も数えで七十歳になっていたし、周囲は心配したが、案外に軽くしばらくの入院で回復し、六月にはもう奈良の室生寺《むろうじ》あたりの採集に出かけている。翌年は富士に登り、つづけて九州の英彦山《ひこさん》に採集の旅をしている。頑健であった。

小石川の東京帝大付属の植物園は、牧野富太郎が長く勤めたところだったが、ここの園長であった松村任三との仲はよくなかった。

知り合った初めのころは、牧野富太郎の植物学者としての手腕を絶賛したこともある松村任三も、牧野が植物分類学者として競争者となった頃から、富太郎を嫌悪し、うの目たかの目で欠点《あら》探しをして悪口をいうようになった。それは、いやしくも大学の教授がと驚くような悪口雑言であった。

前にも書いたように、松村任三は教授であったので停年が来て大学を去らなければならなくなったとき、自分がどうしても大学を辞めなければならないのなら、まず牧野を馘《くび》にしておいてからやめると言ったりした。しかし講師の牧野富太郎を馘にすることは出来ない相談であった。

そんな話も聞いている小石川植物園へ、私は初めて先日、見学に行った。徳川時代のドラマでは赤ひげ先生の出て来る小石川養生所のあったところ、徳川幕府の薬草苑のあとでもある。寺田寅彦《とらひこ》の随筆「団栗《どんぐり》」の舞台でもあるので、是非一度遊びにゆきたいと考えていた。

小石川といえば明治時代、漱石時代、寅彦時代は閑静な住宅地で、学者や地味な勤め人などの多い土地柄であったと思うが、いまはもう巨大ビルの多い大都会の真中で、広大な植物園の緑もその中にぽつんと存在する形になっている。

なかなかの広さで台地の上に事務所があり、薬用植物や稀少植物の保存園、旧幕時代の養生所の井戸のあとなどもある。有名な「ハンカチの木」も今ちょうど白いハンカチをかけたようで、山のように繁茂した大木の一面に白い葉っぱが緑の中に混っている。素人、玄人のカメラマンが大勢群がって撮影している。大がかりなカメラの機械を据えているものもあれば、使い捨てカメラを向けている家族づれもいる。皆真剣な表情でねらいを定めている。素人植物学者のわたしの見るところでは、この珍しいハンカチの木は、茶花につかう「半化粧《はんげしょう》」と同じで、一部分葉緑素の不足した葉っぱの出来る樹木ではないか、と思う。

台地の下にある日本庭園には、湧水《ゆうすい》によって出来た池があり、あやめや水草が植えてある。つつじや枝垂れ柳や梅の古木に、桜もたくさんあるが、もうこのほうは花は終っていた。東京という大都会の真中に在って、この植物園はさぞ都民に喜ばれているのであろう、と嬉しかった。

昭和八年十月二十五日には、『原色野外植物図譜』全四巻が完成して、誠文堂から出版された。

牧野の業績は一年一年とその力量を発揮しつづけていた。

翌年も七月、八月と奈良県下、高知県へと足を延ばし、高知市近辺、また昔懐しい横倉山、室戸岬、そして四国山脈の奥深く、わたしの故郷の奥白髪《おくしらが》を歩き、南方に出て魚梁瀬《やなせ》の原生林でも採集している。

翌々年の十一年には佐川に帰省、旧友と奥土居《おくのどい》の花見をたのしんだ。明治三十五年に彼は東京から染井吉野の苗木をたくさん、佐川に送って植えておいた。あれからすでに三十四年が経っている。成長の早い桜は三十四年の間、皆そろって大木の並木になって美しく万朶《ばんだ》の桜と化していた。高知会館の歓迎パーティにも出席し、「桜の話」を講演している。この年『随筆草木志』を南光社から出版している。

この前年の三月に東京放送局から『日本の植物』というラジオ放送を初めてしている。前に書いた「不遇の老学者をねぎらう会」が東京会館で催されたのは高知から帰った十月十日であった。牧野富太郎の存在と実力がこのころからようやく大衆の眼や耳に届くようになって来た。

この年、昭和十一年十月二十二日『牧野植物学全集』全六巻付録一巻完成。翌昭和十二年一月二十五日、牧野富太郎は朝日文化賞を受賞した。せめてこの日まで寿衛子を生かせておいてあげたかった、とわたしはつくづく思う。

翌年は富太郎も七十七歳、六月には喜寿記念祝賀会が催され、記念品が贈られた。

翌昭和十四年、五月二十七日、牧野富太郎は東京帝国大学理学部講師を辞任している。勤続四十七年であった。大学からも感謝され、祝福されて退任ということになっても当然のことであった。ところが大学とは彼はよくよく相性がよくなかったのか、最後の最後まで揉めているのが、なにかおかしいような、と言っては失礼だが思わず笑ってしまうようないきさつがあった。当時の東京帝国大学というところは、よくよく人の情にうとい、お役所気質《かたぎ》のところであったと見える。

このあたりの経緯は東京朝日新聞に載っているのでそれを紹介しておこう。昭和十四年七月二十五日付で、

「四十七年勤めて月給七十五円、東大を追われた牧野博士、深刻な学内事情の真相をあばく」という見出しである。

「わが植物学界の国宝的存在牧野富太郎博士が四十七年間、即ち半世紀の長きにわたって奉職していたその東大の植物学教室から今度追われる如く、或は自ら追ん出る如くにして老の身を教壇から退かなければならなかったというニュースほど、このごろの学界に様々の話題と深刻な疑問を投げかけたものはない。記者はその間のいきさつ或はその背後にある大学の内部事情、学閥などについて知り合いの或学界通B君にくわしく質問して見たから読者諸君の御参考のために以下問答体でその話をなるべく正直に御紹介しよう。Aはむろん質問者たる記者である」

というふうに以下AとBの問答体で長々と三千字に近い記事になっている。ここではとても

そういうわけにはゆかないので事情をかいつまんで記すことにする。

この年、昭和十四年、五月のある日、東大泉の牧野家に、東京大学理学部の部長、寺沢寛一先生の代理だといって面会を申し込んで来た人があった。丁重に座敷に招じて見るとこれが植物学教室のただの助手二人連れだった。二人はいきなりこんな口上を述べた。

「先生はもう先日来、適当な機会に辞表を出したいと言っておられたが、大学の方でも待っているから、お辞めになるなら早い方がいい、今日辞表を出してくれませんか」

そういう主旨であったが、とにかく何十年も勤続した牧野に対して、あまりに礼儀に欠けた言葉であった。

「何という？　誰がそういうことを君等に言いつけて寄こしたのか、それを聴こう。誰が君等をここへ使いに出したんだ」

当然のことであったが牧野富太郎は色をなして怒った。青年たちはそのとき初めて愕然としたのであろう。

「いったい植物学教室の誰が君たちを使者に、そんな失礼な口上を授けてここへよこしたのか、まずそれを承ろう」

富太郎は一歩も引かない顔で詰め寄った。

隣りの部屋で聞いていた次女の鶴代もあまりにひどいやり方と立腹がおさえ切れなくなって、

「まあ、なんという失礼なことを、あなた方はこの父のような老人によくもなさったものです」

と言いながら、あんまりひどい侮辱だと涙が出て来た。こう真正面から問われると、二人はいったい誰が自分たちに牧野邸へ行けといいつけたのかはっきり名前があげられないのであった。あの教授もいた。あの助教授もいた。とは思ってもそのうちの誰が行って来いと命じたわけではなかった。どちらが言い出したわけでもなく、牧野先生の家へ行ってみようか、ということになったのであった。顔見合せて、若い助手の二人は何とも答えようがないのであった。

彼等の困り切った様子から、富太郎にもそのときの植物学教室の様子が十分想像出来るのであった。教授や助教授や、若い数人の助手のひよ子たちまでが、

「いったい牧野先生、いつ辞めてくれるのかなあ、まったくもう……死ぬまで頑張って辞めないつもりかも知れませんよォ」

そんな誰かの言葉が聞える心地がした。そんな眼で自分が見られているのだ、とよくわかった。とにかく自分が辞めれば、誰か一人講師の口にありつける者があるわけなのだ。

事実、一昨年の一月に朝日賞を貰ったとき彼は講師を辞職しようか、と考えた。口にも出して言ったと思う。すでに七十六歳であった。もういい加減に引っ込むべきだと思った。しかし、朝日賞を贈られたとたんに辞めるというのも、賞を貰うのが目的で帝大に居坐っていたのでは、と思われはしないかと何となく気がすすまないまま、わしは植物が好きで死ぬまで研究はやめないんだから……と考えて見送った。昨年の六月には、喜寿のお祝いをしてもらい、記念品を贈られた。このときも、講師の辞めどきではないか、と考えた。しかし、彼の本心は、やはり

学校の植物学教室と離れることが淋しかったのだ。

七十八歳にもなって、後進の進路をはばむ奴と思われて辞めるという成り行きは、彼には大層恥辱に思われて腹立たしくて仕方がない。二度も、恰好の辞めどきがあったのに、女々しく僅かな収入にしがみついている奴とののしられたように口惜しかった。自分らしくもないしくじり方をしたものだ、と、何よりもそのことが口惜しかった。

牧野富太郎七十八歳の昭和十四年、既に日中戦争の最中であった。しかし富太郎はそんなことは全く念頭になく植物一筋であった。

翌年、十五年十月二日、『牧野日本植物図鑑』が北隆館から発行された。昭和六年一月二十七日から稿を起したという、十年にわたる営々たる苦心の結晶である。

この本の完成については牧野富太郎を扶《たす》けて寝食を忘れるほどの大きな協力を惜しまなかった人々がいる。北隆館専務福田良太郎、直接編集校正等に当った小山恵市、印刷の竹内喜太郎、竹沢真三などの人々は全く富太郎のこの大業に理屈ぬき、損得ぬきで協力して、不眠不休、徹夜に次ぐ徹夜で完成にこぎつけたと言われる。

また別に蔭からも三宅驥一《きいち》博士が采配を振られ、東京帝大農学部の講師向坂道治、佐久間哲三学士などの援助も大であったし、巻末の菌類の川村清一博士、藻類の山田幸男博士、蘚苔類の岡村周諦《しゅうたい》博士、地衣《ちい》類の佐藤正己博士など、各専門家が喜んで応援を惜しまなかった。また秘書役としての牧野鶴代女史の内助の功も大変なものがあった。

この大業を完成させたものは、日本の植物学者の殆どすべてが助力を惜しまなかった結果であると言われている。

〔1999（平成11）年10月～2000（平成12）年5月「サライ」初出〕

◉引用参考文献

『本草人家牧野富太郎』（『日本及日本人』 452号 明治40年）
『土佐人物評論 牧野富太郎』（『日本及日本人』 521号 明治42年）
『佐川と学術との関係』（牧野富太郎 『霧生関』 25号 明治44年）
『牧野富太郎先生』（土佐博物同好会編 昭和8年）
『趣味の植物採集』（牧野富太郎 三省堂 昭和10年）
『牧野植物学全集』全巻（牧野富太郎 誠文堂新光社 昭和9〜11年）
『日本生物学の歴史』（上野益三 弘文堂書房 昭和14年）
『牧野日本植物図鑑』（牧野富太郎 北隆館 昭和15年）
『牧野富太郎自叙伝』（牧野富太郎 『日本民族』 昭和14〜15年）
『近代日本の科学者』第二巻（中村浩 人文閣 昭和17年）
『東京帝国大学五十年史』（東京帝国大学 昭和17年）
『東京帝国大学理学部植物学教室沿革』（東京帝国大学 昭和15年）
『植物記』（牧野富太郎 桜井書店 昭和18年）
『続植物記』（牧野富太郎 桜井書店 昭和19年）

『図説普通植物検索表』（牧野富太郎　千代田出版社　昭和25年）
『牧野先生一夕話』（『植物研究雑誌』24巻　津村研究所　昭和25年）
『問答有用』（徳川夢声対談『週刊朝日』昭和26年4月15日号）
『牧野富太郎』（中村浩　金子書房　昭和30年）
『牧野富太郎伝』（上村登　六月社　昭和30年）
『植物学九十年』（牧野富太郎　宝文館　昭和31年）
『草木とともに』（牧野富太郎　ダヴィッド社　昭和31年）
『牧野富太郎選集』全5巻（牧野富太郎　東京美術　昭和45年）
『植物と自然』臨時増刊（ニュー・サイエンス社　昭和56年）
『植物知識』（牧野富太郎　講談社学術文庫　昭和56年）
『日本の植物学百年の歩み――日本植物学会百年史』（日本植物学会百年史編集委員会編　昭和57年）
『佐川町史』上下（佐川町史編纂委員会編　佐川町役場　昭和56・57年）
『牧野富太郎　私は草木の精である』（渋谷章　リブロポート　昭和62年）
『近代日本生物学者小伝』（木原均・篠遠喜人ほか監修　平河出版社　昭和63年）
『大正・渋谷道玄坂』（藤田佳世　青蛙房　昭和53年）
『牧野富太郎博士からの手紙』（武井近三郎　高知新聞社　平成4年）
『日本植物研究の歴史　小石川植物園三〇〇年の歩み』（大場秀章編、東京大学総合研究博物館　平成8年）

『植物一日一題』新版（牧野富太郎　博品社　平成10年）
『花と恋して―牧野富太郎伝―』（上村登　高知新聞社　平成11年）
『植物学雑誌』（日本植物学会）
『植物研究雑誌』（津村研究所）
『博物学会報』（高知博物学会）
『牧野植物混混録』（鎌倉書房、北隆館）
『花と恋して九十年―牧野富太郎博士はかく語りき―』（塚本正勤『山梨生物』山梨生物同好会会誌）

P+D BOOKS ラインアップ

白い手袋の秘密　瀬戸内晴美　●「女子大生・曲愛玲」を含むデビュー作品集

耳学問・尋三の春　木山捷平　●ユーモアと詩情に満ちた佳品13篇を収録

青春放浪　檀一雄　●小説家になる前の青春自伝放浪記

風祭　八木義德　●肉親との愛憎の葛藤の歳月を紡ぐ連作集

女のいる自画像　川崎長太郎　●私小説作家が語る様々な女たちとの交情

伊豆の街道　川崎長太郎　●五十歳のやもめ作家と人妻との恋情を描く

P+D BOOKS ラインアップ

草を褥に 小説 牧野富太郎
大原富枝
●植物学者牧野富太郎と妻寿衛子の足跡を描く

小説 新子
時実新子
●情念川柳の作り手・時実新子の半生記

暗い夜の私
野口冨士男
●大戦を挟み時代に翻弄された文人たちを描く

貝がらと海の音
庄野潤三
●金婚式間近の老夫婦の穏やかな日々を描く

せきれい
庄野潤三
●〝夫婦の晩年シリーズ〟第三弾作品

庭のつるばら
庄野潤三
●当たり前にある日常の情景を丁寧に描く

P+D BOOKS ラインアップ

お守り・軍国歌謡集	山川方夫	●「短編の名手」が都会的作風で描く11編
天上の花・蕁麻の家	萩原葉子	●萩原朔太郎の娘が描く鮮烈なる代表作2篇
父・萩原朔太郎	萩原葉子	●没後80年。娘が語る不世出の詩人の真実
光	日野啓三	●近未来の東京〝喪失と新生〟の物語
海軍	獅子文六	●「軍神」をモデルに描いた海軍青春群像劇
達磨町七番地	獅子文六	●軽妙洒脱でユーモア溢れる初期5短編収録

P+D BOOKS ラインアップ

兎の結末・独身者の憂鬱　柏原兵三　●敗戦後に思春期を送る少年たちの日常を描く

悪魔のいる文学史　澁澤龍彥　●澁澤龍彥が埋もれた異才を発掘する文学史

明日という日　神吉拓郎　●都会に住む男女の微妙な心の機微を描く

夜風の縺れ　色川武大　●単行本未収録の39編と未発表の「日記」収録

火まつり　中上健次　●猟奇一家殺人事件を起こした男の壮絶な物語

天の歌 小説 都はるみ　中上健次　●現代の歌姫に捧げられた半生記的実名小説

（お断り）

本書は2001年に小学館より発刊された単行本を底本としております。

あきらかに間違いと思われるものについては訂正いたしましたが、基本的には底本にしたがっております。また、一部の固有名詞や難読漢字には編集部で振り仮名を振っています。

本文中には俥屋、吃る、小作、女中、番頭、書生っぽ、左官屋の娘、下女、二号、妾宅、床屋、看護婦、仲居、女々しくなどの言葉や人種・身分・職業・身体等に関する表現で、現在からみれば、不当、不適切と思われる箇所がありますが、著者に差別的意図のないこと、時代背景と作品価値とを鑑み、著者が故人でもあるため、原文のままにしております。差別や侮蔑の助長、温存を意図するものでないことをご理解ください。

大原 富枝（おおはら とみえ）
1912（大正元）年９月28日―2000（平成12）年１月27日、享年87。高知県出身。1960年、『婉という女』で第13回野間文芸賞、第14回毎日出版文化賞を受賞。代表作に『ストマイつんぼ』『於雪　土佐一條家の崩壊』など。

P+D BOOKS とは

P+D BOOKS（ピー プラス ディー ブックス）とは
P+Dとはペーパーバックとデジタルの略称です。
後世に受け継がれるべき名作でありながら、現在入手困難となっている作品を、
B6判ペーパーバック書籍と電子書籍を、同時かつ同価格で発売･発信する、
小学館のまったく新しいスタイルのブックレーベルです。

草を褥に
小説牧野富太郎

2023年3月14日　初版第1刷発行

著者　大原富枝
発行人　飯田昌宏
発行所　株式会社　小学館
〒101-8001
東京都千代田区一ツ橋2-3-1
電話　編集　03-3230-9355
　　　販売　03-5281-3555
印刷所　大日本印刷株式会社
製本所　大日本印刷株式会社
装丁　おおうちおさむ　山田彩純
（ナノナノグラフィックス）

ISBN978-4-09-352460-5

P+D BOOKS